ALIXIA EGNAM

ENFER & TENTATIONS

N° ISBN 978-2-493078-00-1
16,99 euros TTC
Dépôt légal juin 2021
Éditions l'Abeille bleue – 38 rue Dunois 75013 Paris
Collection l'Imaginative
Retrouvez toutes nos parutions sur
https://editions-abeillebleue.fr

« Faut du cœur et faut du courage,
Mais tout est possible à mon âge.
Si tu as la force et la foi,
L'or est à portée de tes doigts. »
Jean-Jacques Goldman

À mes anges.
Blanches ou noires, qu'importe.
Nos ailes ont avant tout la couleur de l'amour.

PROLOGUE

Gabrielle

C'est injuste.

Des années, que dis-je, des *siècles* de bons et loyaux services, toujours classée au palmarès, pour en arriver là ! Tout ça pour échouer sur une broutille ! Il a suffi d'une *toute petite* erreur pour me retrouver coincée dans cette Antichambre de malheur. Je n'ose même pas poser mon regard sur les deux autres personnes assises face à moi.

Fais profil bas, Gaby. Surtout, ne te laisse pas corrompre ! Pourtant, je sens mon pied gauche se mettre à trembler, signe du stress que me provoque le blondinet dégingandé moulé dans une sorte de combinaison bleu électrique. Il porte une horrible coupe mulet qui me laisse dubitative. Mais après tout, qui suis-je pour juger ? Ne dit-on pas que la mode est un éternel recommencement ?

Même si j'évite de croiser le regard des deux hommes, je ne peux en revanche pas échapper à la conversation que la brindille entame avec son voisin :

— Une honte !! Je te jure ! J'étais promis à une *grande* carrière ! Cette chanson devait me permettre de devenir mondialement connu !

L'autre homme ne répond pas, mais émet un petit rire presque sarcastique qui me fait relever la tête.

Si le blond affiche un look des plus détonants, le deuxième homme, lui, se fondra certainement dans la masse dès que nous entrerons. Vêtu de noir des pieds à la tête, brun, des cheveux en bataille, il a les yeux les plus bleus qu'il m'ait été donné de voir. Lorsque son regard croise le mien, je sens mes joues s'empourprer et m'empresse de baisser à nouveau la tête, prétextant un soudain intérêt pour les carreaux gris qui décorent le sol. Ces derniers sont d'ailleurs à l'image de ce qui m'attend derrière cette porte : mornes, tristes et froids.

Imperméable à notre indifférence, le premier type continue ses lamentations.

— Personne n'avait eu l'idée d'une chanson sur une chipolata ! Je serais devenu une star, mec !

Une star ? Rien que ça ? Il faut vraiment que je songe à me tenir au fait des modes sur Terre… Parce que s'ils en sont réellement réduits à aimer ce genre de musique, je dois en toucher deux mots aux Muses[1] !

Lorsque j'entends un grognement, je lève à nouveau les yeux sur mes deux comparses. Le « chanteur » a posé sa main sur la cuisse du brun, déclenchant cette réaction presque animale. Mais loin d'être impressionné, le blond continue sa diatribe. Et en quelques secondes, la situation bascule. Le brun se redresse en grognant un peu plus et saisit l'autre homme à la gorge pour le plaquer contre le mur, renversant sa chaise au passage.

— Écoute-moi bien, espèce d'abruti. Tu ne me touches plus. Tu ne me parles plus. Tu ne me regardes plus. Parce que je peux faire de ton après-vie un Enfer.

Je m'entends glousser et regrette aussitôt. Rapide comme l'éclair, l'homme lâche sa victime pour s'avancer vers moi d'un pas assuré. Une démarche féline qui n'augure rien de bon. Le bruit de ses boots sur le carrelage,

[1] Divinités représentant les arts libéraux.

le cuir de sa veste qui crisse à chaque mouvement de ses bras, tout dans son attitude crie au danger et toute envie de rire m'a soudainement quittée.

— Tu trouves ça drôle, ma douce ?

Il s'approche au plus près et se fige devant moi, les jambes légèrement écartées.

Mon Dieu ! Me voilà avec le nez à la hauteur de sa ceinture !!

Je déglutis avec difficulté en levant les yeux vers lui. Les bras croisés, il me toise de haut, avec un sourire en coin. De si près, il me semble encore plus beau. Un nez droit, une mâchoire carrée couverte d'une légère barbe, s'il me paraissait déjà grand alors qu'il était assis, j'en ai la confirmation maintenant qu'il se tient là. Nos yeux se croisent pour ne plus se lâcher. Mince, moi qui devais la jouer profil bas, me voilà perdue dans la contemplation d'un homme qui attend lui aussi l'arrivée de…

— Damian ! Ça suffit !

La voix malheureusement familière qui résonne dans la pièce interrompt notre instant de grâce. *Il va être furieux après moi, lui aussi.* Je me lève d'un bond de ma chaise et Damian, puisqu'il semble répondre à ce nom, soupire une fois de plus en reculant. Derrière lui, le Maître des lieux apparaît. Même si je ne l'ai pas vu depuis des siècles, je reconnais cet air courroucé. Les poings sur les hanches, les sourcils froncés, il me fusille du regard.

— Gabrielle ! Qu'est-ce que tu as fait ?!

— Rien, je…. soupiré-je en baissant les yeux. Salut, Lucifer.

Damian rit une fois de plus.

— Luc', tu connais cette fille ?

— Ouais… c'est ma sœur.

1.
Bienvenue aux Enfers

Gabrielle

En chœur, Damian et le chanteur hoquettent de surprise. *Eh oui, les gars, la petite blondinette insignifiante que je suis a le même sang que le grand Lucifer, roi des Enfers* ! De sa voix nasillarde, le type à la combinaison bleue interpelle mon frère.

— Écoutez, ce n'est pas que je ne m'intéresse pas à vos histoires de famille, mais si je suis là, c'est parce qu'une erreur….

Sans lui laisser le temps de continuer, mon frère agite sa main droite d'un air excédé en claquant de la langue. Et aussitôt, le chanteur disparaît, dévoré par une brume noire qui étouffe le cri qu'il s'apprête à pousser. Damian lève les yeux au ciel en soupirant.

— Merci ! Je n'aurais pas pu le supporter une minute de plus.

Lucifer ne semble même pas l'écouter tant il est décidé à me fusiller du regard.

— Ne me dis pas que c'est toi qui as lâché ce virus ?

— Je ne l'ai pas *lâché*, tenté-je d'expliquer pour la énième fois. J'ai trébuché et…

— Ouais enfin, t'as semé une belle pagaille. On est complètement débordés ici avec tes conneries !

— Lucifer !

— Quoi !! Je jure si je veux. Surtout que je me retrouve obligé de m'occuper de toi pour les deux siècles à venir, et que ça m'emmerde. Je t'adore, mais tu n'as rien à faire ici ! Qu'est-ce qui t'a pris de demander à descendre ?!

Très bonne question… Lorsque j'ai malencontreusement renversé cette boîte et répandu ce virus sur Terre, je me suis pris une remontrance salée. Mais c'était un accident ! Comment Papa avait-il pu croire cette idiote de Pandore ? Le ton était allé crescendo et j'avais fini par monter sur mes grands chevaux… prétendant être capable de résister même aux tentations de l'Enfer. Aussitôt dit, aussitôt fait. On m'a envoyée ici sans prévenir. Et à priori, sans demander l'avis du Maître des lieux.

— Je me suis un peu… emballée, concédé-je dans une petite moue.

— Non… tu crois ? Tu sais combien il est susceptible. Maintenant, il s'attend à ce que je te traite comme n'importe quelle stagiaire lambda. Crois-tu que tu seras à la hauteur ?

Sans que je comprenne ce qui me prend, je toise Damian du regard. Argggg, ce sourire en coin ! Si seulement je pouvais le lui faire ravaler ! Je me redresse de toute ma taille, les épaules en arrière et le menton relevé. *Mince, la fierté n'est-elle pas un péché ?*

— Mais bien sûr que je serai à la hauteur !

Sans surprise, Lucifer secoue la tête, peu convaincu par ma pseudo-assurance. Damian en profite pour en remettre une couche.

— Eh Princesse, ici il n'y a pas de paillettes ou de licornes ! Mais si tu veux que je t'apprenne à utiliser un plug anal...

Quoi ? Je manque de m'étouffer avec ma propre salive lorsqu'il prononce ces mots. Lucifer se tourne alors vers lui, l'œil noir. Mais tout à coup, son visage s'illumine.

— Mais après tout, Damian, quelle bonne idée !

Comme un seul homme, le démon et moi nous écrions :

— QUOI ?!

— Réfléchis ! Tu es mon meilleur démon, Damian. Qui serait mieux placé que toi pour protéger mon ingénue de petite sœur ? Tu l'imagines bosser dans le service des serial killers ? Ou avec les damnés ?

Je frissonne à l'évocation des deux seuls secteurs des Enfers que je connaisse. Je suis vraiment idiote d'avoir cru que je pouvais débarquer ici sans me poser de questions. Je ne sais pas à quoi je m'attendais, mais certainement pas à devoir passer les deux prochains siècles avec ce… cet… *Apollon* ? *Mannequin* ? Voilà que je perds tout sens commun. Quel Ange sain d'esprit accepterait une situation aussi ubuesque ? Pire encore, qui trouverait ne serait-ce qu'une qualité à ce type détestable par nature ?

— Eh ? Tu m'écoutes ?

Je cligne une ou deux fois des yeux, en essayant de me concentrer à nouveau sur la situation. Je suis dorénavant seule avec Damian, qui ouvre un portail cerclé de feu d'un geste désabusé de la main.

— Allez, Princesse, on y va.

***

Deux siècles. Je dois passer deux siècles ici.

Je regarde autour de moi pour la centième fois, tant mon esprit a du mal à réaliser. Me voilà dans un appartement lumineux, résolument moderne. La réplique d'un penthouse cossu dont les humains rêvent de faire l'acquisition.

Je reste figée dans une cuisine ouverte, bardée de technologies. Tout est tellement propre que je n'ose rien toucher. Face à moi, Damian s'affaire du côté salon. Je ne sais pas ce qui me sidère le plus : sa nonchalance au milieu de tout ce luxe, ou la beauté des lieux. Je ne me pose même pas la question, trop soufflée par la découverte de ma nouvelle résidence. Pourtant, je fais quelques pas vers Damian, histoire d'être certaine de ce que je vois dans son salon. Deux grands canapés blancs se font face devant une baie vitrée immense. La vue est à couper le souffle : une plage de sable fin, des cocotiers, une mer bleu turquoise… Ne devait-on pas être aux Enfers ? Un royaume de perdition, de désespoir sentant le soufre et la misère ? Je m'attendais à un paysage désolé, noir… Ou mieux, un feu éternel dévorant des âmes à la pelle, de la lave.

Alors que je m'approche encore un peu plus de la baie vitrée, je sens le souffle chaud de mon hôte à mon oreille lorsqu'il me murmure :

— Le paysage vous sied-il, Princesse ?

Je me tourne vivement, tentant de prendre un air courroucé. Mais je me retrouve soudain trop proche de lui. Mon cœur rate un battement quand je réalise que seulement quelques centimètres nous séparent. Je recule d'un pas et croise les bras, pour essayer de reprendre une contenance :

— Non, mais ça ne va pas ? Je n'ai rien d'une princesse !

Il se met à rire, une fois de plus. *Ce qu'il peut m'énerver à ricaner à tout bout de champ* !

— Je ne sais pas comment on t'appelle chez toi. Mais ici, ma douce, ton frère est le Roi. Du coup…

D'un geste de la main, il me désigne comme si je n'étais qu'un vulgaire objet.

— … ça fait de toi un genre de princesse.

— Absolument pas. Je m'appelle Gabrielle. Point.

Je refuse d'être une princesse ou quoi que ce soit s'en rapprochant. Je me suis battue pendant des siècles pour obtenir ma place. J'ai commencé tout en bas de l'échelle, comme les autres. Et s'il n'y avait pas eu cette idiote de Pandore… Bref. J'essaie de faire abstraction de sa remarque, en me focalisant à nouveau sur la vue.

— Dis… C'est une vraie plage ?

Cette fois, il ne rit pas. Il vient se planter à mes côtés, les mains dans les poches et le regard perdu sur l'horizon.

— Nan… C'est une illusion. J'en avais marre du noir, de la lave et des tourmentés. Même si je dois avouer que de temps à autre, je lève le voile pour admirer les flammes.

Joignant le geste à la parole, il appuie sa main sur la vitre et soudainement, le décor change. Cette fois, nos yeux se posent sur des immeubles et juste derrière, une grande plaine volcanique et des flammes. Un immense mur de feu qui se dresse au loin, comme une frontière infranchissable. Je soupire de soulagement lorsque la plage réapparaît.

Damian braque à nouveau les yeux sur moi, avec un sourire en coin.

— Et comme ton frère m'a à la bonne… J'ai des privilèges. Enfin, tant que je fais mon job.

— Et… C'est quoi, ton *job* ? tenté-je, timidement.

Je réprime un frisson en me souvenant de ses allusions dans l'Antichambre, un peu plus tôt. Je peux m'estimer heureuse de ne pas me retrouver dans un département trop compliqué, comme celui des damnés. Mais je déglutis difficilement quand, avec un regard appuyé sur mes lèvres, il me répond :

— Moi, je suis un Tentateur, ma douce. Et le meilleur.

Damian

Bordel… Qu'ai-je donc pu faire à Lucifer pour qu'il me refile la garde de sa frangine ? Tout ce que je voulais, moi, c'était lui parler de mes soucis avec Odin qui a, semble-t-il, peu apprécié mon incartade avec sa favorite. J'imaginais que Lucifer m'avait convoqué pour me passer un savon. Je me demande d'ailleurs si je n'aurais pas préféré une engueulade, finalement.

Or, me voilà avec une petite blonde aux cheveux longs et bouclés venue tout droit de chez les Coincés. Et la miss semble avoir un caractère de cochon ! Pendant qu'elle fait le tour de ma pièce à vivre avec un air ébahi, je me demande ce qui a bien pu lui passer par la tête en venant ici. Elle va se faire manger toute crue par le premier damné qu'elle va croiser !

Elle essaie tant bien que mal d'avoir l'air sûre d'elle. Mais des filles comme elle, j'en vois tous les jours, à la pelle. Elles jurent aux grands Dieux qu'elles savent tout des types comme moi, et finalement ce sont les premières à céder à la moindre de mes demandes.

Au moins, Gabrielle a un avantage certain. C'est le premier Ange à mettre les pieds chez moi. Je suis donc tout aussi mal à l'aise qu'elle ne doit l'être, mais je refuse de la laisser s'en apercevoir.

Elle doit apprendre tout de suite qu'ici, on est loin de son Royaume Céleste à paillettes. Ici, c'est moi qui commande.

Ma jolie, je vais me faire une joie de te faire découvrir les Enfers...

2.
Trouver ses marques

Gabrielle

C'est avec soulagement que je ferme la porte et m'adosse contre le panneau en bois.

Après m'avoir fait visiter le reste de l'appartement, Damian m'a attribué cette chambre, parmi toutes celles que contient cet appartement de dingue. Qui peut avoir besoin de tant d'espace, tout en vivant seul ? Puis, tout à coup, je me remémore ses mots. Un Tentateur. Un démon chargé de détourner les âmes innocentes du droit chemin.

Appuyant ma tête contre le bois de la porte, j'essaie de me rappeler mes cours d'Histoire des Royaumes.

Chez nous, il y a un ordre hiérarchique assez compliqué. Le Royaume Céleste est divisé en contrées, chacune régie par un Sénateur Céleste. Et chaque Sénateur a le loisir de faire appliquer ou non un culte parmi ceux qu'on appelle vulgairement « ceux d'en bas », c'est-à-dire les Humains. Certains Sénateurs sont plus mégalos que d'autres, certains s'en fichent, d'autres se retrouvent populaires du jour au lendemain… Ils ont en revanche une obligation : siéger au Parlement Divin. C'est là que sont prises les grandes décisions concernant la vie sur Terre.

Ensuite, il y a les Archanges. Ceux qui sont nés dans le Royaume. Puis les Anges, ceux qui ont gagné leurs Ailes en ayant une attitude exemplaire durant leur existence, et enfin les Âmes Heureuses, les gens qui ont mérité une place au Royaume.

Et de l'autre côté, il y a les Enfers. Royaume géré par mon très cher frère Lucifer, ainsi que ses comparses. Parce qu'au fil des siècles, dans chaque contrée, il y a eu des incidents. Et des dissidents ont fait le choix de venir rejoindre mon frère aîné, ici. Cet endroit est le siège des démons, des damnés et de tous ceux qui n'ont absolument pas leur place chez nous. J'ai des notions assez floues quant à leur hiérarchie, parce que nous n'apprenons que le principal durant notre éducation : pour chaque

Ange Gardien, il y a un Tentateur. Celui qui vous mettra des bâtons dans les roues. Celui qui poussera votre Humain à manger la dernière part de tarte sans se préoccuper des autres. Celui qui lui laissera croire que griller un feu rouge, ce n'est pas grand-chose. Ou, dans le cas de Damian, que la vie ne vaut la peine d'être vécue sans avoir testé toutes les positions du Kamasutra avec le premier venu.

J'aurais dû avoir la puce à l'oreille en entendant son prénom. Mais j'étais bien trop occupée à prier pour que Lucifer ne me fasse pas une leçon de morale de trois plombes. Damian… Un mètre quatre-vingts de pure masculinité qui pousse même la plus prude des bonnes sœurs à lui ouvrir ses bras. Et ses cuisses. Il fallait que je tombe sur le pire coureur de jupons des Enfers ! Chaque Ange Gardien connaît Damian, au moins de réputation.

Malgré tout, les relations entre les deux Royaumes ne sont pas aussi mauvaises que l'humanité tend à le croire. Chaque camp sait qu'il ne peut exister sans l'autre. Alors, nous cohabitons pacifiquement. Il faut dire que depuis que mon frère a claqué la porte de la maison pour briguer le poste de Roi des Enfers, la situation s'est largement améliorée. Notre Père a beau être le Sénateur le plus têtu du Royaume Céleste, il n'en reste pas moins un père, qui aime profondément ses enfants. Alors, il entretient de bonnes relations avec Lucifer. Du moins, ils ne se font pas ouvertement la guerre. Par contre, lorsqu'il s'agit de récolter des Âmes, tous les coups, ou presque, sont permis.

Mon Père est un fervent partisan de la vie paisible sur Terre. Aussi, quand l'incident de la boîte est arrivé, il est entré dans une colère folle. Il n'a jamais voulu écouter mes arguments. Mince, c'était à Pandore de veiller sur cette satanée boîte ! Pas à moi. Moi, j'étais bien trop occupée à chercher une solution pour éviter Elliot. Mon estomac se noue lorsque je pense à lui. Au moins, tant que je suis ici, je n'ai pas à réfléchir à la réponse qu'il attend avec impatience.

Après un dernier soupir, je détaille enfin la chambre qui va être la mienne pour les années à venir. Rien de bien folichon, mais je dois avouer que je ne manquerai pas d'espace. Reste que je vais devoir m'habituer à l'ambiance disons… déroutante. Des meubles en bois sombre, des tentures bordeaux et un immense lit à baldaquin. Quelque chose me dit que mon hôte n'a pas choisi de me donner la pièce la plus sobre de la maison. *Respire, Gaby.* Vu notre rencontre plutôt inhabituelle et surtout les sous-entendus qu'il multiplie depuis, j'imagine qu'il a dû trouver hilarant de me coller dans un décor digne du culte de Min[2]. J'en ai la confirmation lorsque, en m'approchant du lit, apparaît sur la couette un petit sachet en velours noir accompagné d'une enveloppe rouge. J'hésite une seconde. Pour que ce présent me soit destiné, il faudrait que toute mon arrivée ici ait été préméditée. Ce qui n'est pas le cas. Mais pendant que je réfléchis, je vois mon prénom s'inscrire en lettres

[2] Divinité égyptienne de la reproduction et de la fertilité.

dorées sur l'enveloppe. Je lève les yeux au ciel, imaginant mon hôte guettant ma réaction dans un coin de son immense appartement luxueux. J'ouvre l'enveloppe et lis les quelques lignes manuscrites :

Amuse-toi bien, Princesse Paillettes.
Si tu as besoin d'aide, je suis de l'autre côté du couloir.

En inspectant le petit sachet, j'en sors une bien étrange… bague ? Plutôt lourde, en acier et surmontée d'un saphir rose éclatant. La pierre, d'une qualité exceptionnelle, capture chaque rai de lumière et renvoie des myriades de reflets roses. Magnifique. Par contre, ce que je ne saisis pas, c'est la forme de la bague… Parce qu'à l'opposé de la pierre, l'acier forme une sorte de pommeau en olive. C'est cette partie qui déséquilibre tout le poids du bijou et qui le rend peu pratique à porter. Et en plus, l'anneau est trop grand pour mes doigts. Mais alors que j'admire une fois de plus la pierre, je vois du coin de l'œil quelques mots s'ajouter sur la lettre.

Bien tenté. Mais ce n'est pas pour ton doigt. Je vois que tu auras effectivement besoin que je t'explique une chose ou deux.

Il me faut quelques secondes pour comprendre l'allusion. Lorsqu'enfin la lumière se fait dans mon esprit, je m'empresse de remettre l'anneau dans son sachet, rouge de honte. Vexée au plus haut point, je regagne le couloir à grands pas. Mais au moment où je déboule, bien décidée à lui dire ma façon de penser, je le vois, effectivement bien présent dans la pièce d'en face. Torse nu, un pantalon en toile noire qui lui tombe bas sur les hanches et les cheveux mouillés, il se tient dans l'encadrement d'une porte de chambre. La sienne ? Mon attention se fixe immédiatement sur le dessin sombre qui couvre la moitié droite de son torse. Une grande figure encapuchonnée sur un bateau fait de crânes humains, voguant sur ce que j'imagine être le Styx[3]. *Charmant.* Mais en même temps tellement ancré dans sa réalité. C'est sa voix qui me sort de ma contemplation :

— Quand t'auras fini de me mater, fais-moi signe. J'ai pas toute la journée.

Son air amusé me donne encore plus envie de lui hurler dessus. Je ne me prive donc pas pour lui faire comprendre ma façon de penser, tout en essayant de rester calme. Je lui agite le sac en velours sous le nez avec condescendance.

— Bravo, Damian. Très subtil, ton pseudo-cadeau. Et sinon, ça t'arrive souvent d'espionner tes invités ?

---

[3] Fleuve servant de point de passage pour les Enfers.

Il se met à rire, s'appuyant contre le chambranle de la porte. Il croise les bras et, d'un air suffisant, se défend mollement.

— Je ne vois pas pourquoi tu crois que je t'espionne.

— Alors comment as-tu su que… Tu sais quoi ? Laisse tomber. De toute façon, je ne vois pas en quoi c'est amusant.

Jamais je ne lui ferai le plaisir d'avouer à haute voix ma méprise. Ses dents viennent mordiller sa lèvre inférieure pour retenir un sourire. Je remarque alors qu'il tient un petit boîtier en plastique noir entre ses doigts, qu'il agite à son tour. Devant mon air surpris, il appuie sur le bouton. Malheur ! L'objet du délit se met à vibrer dans le creux de ma paume. Certainement rouge comme une pivoine, je mets mes mains derrière mon dos, comme une enfant prise en faute. Damian éclate de rire et referme la porte de sa chambre en secouant la tête. Ai-je rêvé ou est-ce que je l'ai entendu marmonner que je suis « ennuyeusement prévisible » ?

Un point pour toi, Démon. Mais je vais lui prouver que je suis bien plus forte que ça, moi, à ce crétin imbu de sa personne.

3.
On visite ?

Damian

Les ordres de Lucifer sont simples. Je ne dois pas la laisser mettre le nez dehors. Mais merde, quitte à ce qu'elle passe des années ici, autant la laisser vaquer à ses occupations. Ça m'évitera de l'avoir dans les pattes en permanence ! Au Diable les ordres de son frère. Elle est adulte, non ? Elle saura s'en sortir si je lui explique deux ou trois choses. Elle pourrait même se rendre utile, tiens. Je ne suis pas totalement abruti non plus, j'ai pris soin de ne pas la trimbaler dans un road trip touristique. J'ai déjà pris la peine de lui faire une belle leçon, une de celles dont ils raffolent certainement là-haut.

Elle ne doit jamais sortir seule, ne doit rien prendre à la légère et surtout, elle ne doit jamais, je dis bien jamais, faire confiance à un autre que moi.

Après deux ou trois consignes, je l'ai donc embarquée avec moi. Un jean, un sweat à capuche et voilà la mistinguette qui trottine à mes côtés, sans perdre une miette de ce qui l'entoure. Je traverse ces rues sinueuses depuis tellement longtemps que je ne les vois plus. Je l'emmène vers les grandes artères de notre cité pour lui montrer le meilleur. Pas besoin de la traîner dans les quartiers les plus minables, ceux où les âmes perdues et les damnés errent, en quête d'une faille leur permettant de rejoindre le monde des vivants. Parfois l'un d'entre eux réussit son coup et c'est vite un problème. On doit les retrouver et… bref.

En tout cas, j'essaie de faire le tour des zones principales de notre Royaume. Mine de rien, je réalise que je voudrais bien être à sa place, pour découvrir avec elle ce qu'elle pense de mon chez-moi. Ce qui n'avait commencé que comme une corvée, voire une entorse à l'autorité de Lucifer m'amuse follement. Sa naïveté et sa candeur sont divertissantes.

Gabrielle

Je dois dire que j'étais prête à tout imaginer… Mais pas ça. Bon, pour le côté sordide et « on ne voit jamais la lumière du jour », je m'y attendais. Or, les buildings modernes et les rues animées, ça, c'est une surprise. À l'instar d'une grande ville humaine, les immenses boulevards et les petites ruelles sombres sont bondées. Démons, succubes et damnés en tout genre déambulent, bien souvent tête baissée. J'essaie de ne pas avoir l'air d'une touriste en goguette, pourtant je dois avouer que tout m'impressionne. On est loin des paysages dévastés auxquels je m'attendais. Alors certes, les alentours de la ville sont en tout point conformes à l'idée que je m'étais forgée et les privilégiés vivant au sommet des gratte-ciels le voient de leurs fenêtres. Et même si Damian ne le dit pas, je sais pertinemment que, passé les grandes artères, les rues plus sinueuses doivent mener à des bas-fonds peu reluisants. Après tout, ce sont les Enfers, pas New York ! Je ne sais encore pas grand-chose de mon guide, mais une chose est certaine : il ne laisse personne indifférent. Les gens se poussent sur son passage, telle la Mer Rouge devant Moïse. Seules quelques femmes osent l'interpeller ou lui adresser un signe. Mais Damian ne semble pas s'en soucier. Il continue sa route, m'expliquant de temps à autre ce que nous voyons.

— Ce que tu as là n'est qu'une infime partie des Enfers. Mais j'imagine que tu n'as ni l'envie ni l'intérêt de visiter tout notre Royaume. Par là, c'est le quartier des démons inférieurs. Rien de bien passionnant. Plus loin, sur la droite, il y a les Damnés. Tu ne…

— Oui, je sais. Je ne m'en approche pas.

Il me prend pour une demeurée, ou quoi ? Lorsque je relève la tête pour lui dire ma façon de penser, mon attention se fixe sur l'énorme château surplombant la ville depuis une colline escarpée.

— Et ça, là-haut ?

— Ça, c'est le domaine de ton frère, Prin…

— Ne m'appelle pas comme ça.

Il semble s'amuser de me voir le fusiller du regard. Il s'arrête un instant et me fixe d'une manière étrange.

— OK, Mon Ange. Allez, je crois que t'as vu le principal.

Bifurquant sur la droite, il claque des doigts en direction d'une voiture. La berline noir mat se gare à notre hauteur et Damian m'ouvre la portière avant de s'engouffrer à son tour à l'arrière du véhicule. Lorsqu'il s'installe à mes côtés et que son genou touche le mien, je ressens un frisson parcourir mon échine. Je crois que c'est notre premier vrai contact physique et je suis abasourdie par cette réaction instinctive de mon corps. Toute mon attention est focalisée sur nos deux jambes qui se frôlent et ce simple effleurement suffit à monopoliser la moindre de mes pensées. Ce sont ses doigts parcourant ma cuisse qui me sortent de ma quasi-léthargie.

— Eh… ça va ? me demande-t-il soudain.

Le ton de sa voix, étrangement tendre, me prend au dépourvu. Est-ce qu'il s'inquiète vraiment pour moi ?

— Oui, je…

— Tant mieux, enchaîne-t-il en retirant aussitôt sa main. Parce que je n'ai pas envie que tu me tapes une crise de panique, hein.

Et revoici le Démon dans toute sa splendeur. Bien sûr qu'il ne s'inquiète pas. Il obéit uniquement aux ordres de son Roi : il ne doit rien m'arriver durant mon séjour, sans quoi Damian risque de passer un mauvais quart d'heure.

Le trajet ne dure que quelques minutes et c'est dans un silence pesant que chacun de nous regarde par sa fenêtre. Lorsqu'enfin le véhicule s'arrête, il se hâte de descendre pour m'attendre, debout à côté de la portière ouverte. La montée en ascenseur me semble tout aussi lugubre. Avec soulagement, je retrouve la clarté et l'odeur délicatement boisée de ce qui constitue dorénavant mon chez-moi. Je remercie intérieurement le karma de m'avoir placée dans un environnement qui se rapproche de ce que je connais. Si seulement mon hôte était un peu plus agréable ou conciliant. Ce n'est qu'au moment où la porte de l'appartement se referme derrière nous que je tente de l'interroger.

— Pourquoi as-tu accepté ?

Il se tourne vers moi, un sourcil relevé.

— J'imagine aisément que Lucifer avait la place pour me loger chez lui. Pourquoi est-ce que tu n'as pas protesté ?

Avec un haussement d'épaules, il semble réfléchir à sa réponse tout en enlevant sa veste qu'il balance nonchalamment sur le canapé. Il reste planté là, les mains dans les poches et met une éternité avant de lâcher :

— J'en sais absolument rien.

4.
Frustration, quand tu nous tiens...

Damian

Je me masse les tempes pour essayer d'endiguer la colère que je sens poindre. Mais qu'ai-je pu faire aux Dieux Infernaux[4] pour mériter une telle punition ? Lorsqu'il me l'a collée de force dans les pattes, je n'ai rien dit. Quand elle a commencé à poser des questions sur mon

---

[4] Divinités en lien avec le monde des morts.

travail et à fouiner dans toute la maison, je n'ai rien dit. Mais là, il me demande carrément de changer mon mode de vie ?! J'ouvre les yeux pour tenter de plaider ma cause auprès de mon boss.

— Dis-moi que c'est une blague, Luc'. S'il te plaît.

Il n'a pas quitté son air courroucé.

— Putain, Damian ! Tu ne crois tout de même pas que je vais te laisser organiser une orgie à quelques mètres de la chambre où dort ma sœur !

En relevant un sourcil, je tente de lui montrer que je ne vois pas où est le souci. Il me semble qu'il savait parfaitement à quoi s'attendre en me demandant de jouer la nounou !

— Et il n'y a pas moyen de… Je ne sais pas, moi, la loger ailleurs ? Au moins le temps d'une soirée ?

Cette fois, mon ton se fait presque suppliant. Je comptais vraiment sur la soirée de vendredi pour me changer les idées. Depuis que la belle a débarqué dans ma vie, je ne suis quasiment pas sorti de chez moi. Lucifer ne m'assigne que peu de missions. Il doit certainement estimer que j'ai assez à faire avec la gestion de sa petite blondinette. Imagine-t-il le sang-froid que cela me demande ?

Oh, des Anges, j'en croise à la pelle. Il faut dire que j'excelle dans mon boulot. Alors « l'Autre Camp », comme on l'appelle ici, essaie de redoubler d'efforts et m'envoie régulièrement de nouveaux adversaires. J'adore voir leur air suffisant s'effacer au fur et à mesure que je retourne les cerveaux de ces demoiselles... Et pas seulement les cerveaux.

Mon job est simple : pousser les âmes à la faute. Parce que nous avons un quota à remplir, un standing à tenir. Nous ne pouvons décemment pas laisser les Coincés du fion gagner. La vie serait d'un ennui mortel. Alors nous luttons, gentiment. Enfin, gentiment... De mon point de vue. Bien entendu, vous avez toujours ceux qui aiment en mettre plein la vue. Et les Dieux Guerriers, qu'ils viennent d'un camp ou de l'autre, gèrent ça à la perfection. Un peu trop, si vous voulez mon avis. Moi, il me semble que rien ne vaut le plaisir de pervertir une âme en douceur. Que voulez-vous, j'aime mon métier ! Alors, lorsqu'il s'agit de souffler quelques mots à l'oreille d'une jeune novice à la veille de son entrée dans les ordres ou bien quand il faut inspirer une directrice de casting pour une trilogie sur le thème du BDSM, je suis le meilleur. D'ailleurs, l'Autre Camp a depuis bien longtemps cessé de m'envoyer les petites nouvelles pour ramener les humains dans le droit chemin. À croire que je fais fondre les culottes angéliques aussi bien que les terrestres ! Non, depuis quelques siècles, on m'envoie les vieux ronchons.

Mais la petite blonde qui se dandine à quelques mètres de nous, c'est une autre affaire. Même là, plantée dans le couloir sans arriver à décider si elle nous rejoint ou repart, elle me donne chaud. Pas très grande, des boucles blondes qui semblent attendre que j'y passe les doigts, des grands yeux noisette qui restent un mystère, cette fille a tout pour me rendre fou. Depuis le premier jour, j'essaie de lire dans ses prunelles ce que ses lèvres ne disent pas, mais c'est mission impossible. Elle est douée, la gamine, pour cacher ses émotions ! Ce qu'elle cache moins bien, par contre, c'est son corps affolant. Des rondeurs appétissantes, un fessier à damner un saint… Bordel ! Alors que je sens les prémices d'une érection me torturer, un violent coup sur le côté droit de ma tête me ramène à la réalité. Je reporte mon attention sur Lucifer assis sur le canapé en face de moi. Je ramasse le coussin qu'il vient de m'envoyer tout en essayant de retrouver une contenance.

— Arrête de la mater, sale porc !

— Quoi ? Mais non, je ne…

Alors que je tente de trouver une justification plausible, la demoiselle semble s'être décidée, puisqu'elle s'avance dans la pièce. Même la manière dont elle tortille ses doigts entre eux me fait de l'effet. *Merde, je suis vraiment en manque* !

— Salut, Lucifer.

— Salut, ma puce.

C'est la première fois que je vois Lucifer se lever pour saluer quelqu'un. OK, je sais bien qu'il n'est pas aussi con que ce qu'en disent les gens. Mais ce n'est pas un gentleman non plus ! Aussi, je suis surpris de le voir si différent avec sa sœur. Il ne parle pas beaucoup de sa famille. Je sais juste qu'il a de gros soucis relationnels avec son père. Qui n'en a pas, dans notre Royaume ? Gabrielle s'installe à côté de son frère sur le canapé, le dos droit et les mains croisées sur les genoux.

— Ça va ? Tu as réussi à trouver tes marques ? lui demande Lucifer. Je sais que Damian peut être, disons… difficile.

Difficile, moi ? Mais une montée de stress s'installe lorsqu'elle m'adresse un sourire en coin tout en me fixant d'un air entendu.

— Pour tout te dire, il m'a fait un cadeau de bienvenue.

Merde, merde, merde. Il va me découper en petits morceaux si elle lui parle du plug ! Mon Roi tourne à nouveau son visage vers moi, dubitatif :

— Vraiment ? Quel genre de cadeau ?

Punaise, je dois trouver quelque chose avant qu'elle ne me balance sous le bus. Au moment où elle ouvre sa si jolie bouche, je lui coupe l'herbe sous le pied.

— Un job.

— Un job ? Ah oui ?

Elle saisit la perche que je lui tends. Ça me fait mal de l'admettre, mais je dois lui céder si je ne veux pas déclencher les foudres de Lucifer.

— Eh bien oui ! Damian me disait justement l'autre soir combien il était important que j'apprenne deux ou trois trucs tant que je suis ici…

Oh, le petit démon ! Elle me fixe avec une lueur de défi dans le regard. Joueuse, la p'tite ? Effectivement, nous avons eu cette conversation. Sauf qu'elle s'arrange fortement avec la vérité. Le mensonge n'est-il pas un péché, même lorsqu'il vient d'un Ange ?

***

Je fixe le plafond avec un sourire niais. Voilà ce qu'il me manquait après une journée aussi folle que celle-ci. Un moyen de décompresser. Je devrais peut-être songer à renvoyer rapidement la demoiselle chez elle. Oups, pardon. Les *demoiselles. Mais lorsque je sens la main de la brunette se glisser à nouveau sous le drap, je me dis qu'après tout, je ne serais pas contre un deuxième round… C'est à cet instant que la voix la plus irritante de la Création se met à m'appeler à travers l'appartement :*

— Damiaaaaan ! Damian, t'es rentré ?

Les deux filles dans mon lit se figent et me lancent un regard interrogateur. D'un signe de la main, j'essaie de leur signifier le peu d'importance que j'accorde à la petite blonde qui s'égosille à l'autre bout de mon domicile. Mais les Dieux semblent être contre moi. Mes deux compagnes n'apprécient clairement pas la présence de Gabrielle. Avec force ronchonnements et soupirs, elles commencent à rassembler leurs affaires, me laissant seul dans mon lit, tandis que Gabrielle continue à appeler, cette fois beaucoup plus proche :

— Damii…

Je me lève d'un bond et, le drap enroulé autour de mes hanches, j'ouvre la porte avec fureur, lui coupant immédiatement la chique.

— QUOI, BORDEL ?!

Je dois avouer que la voir passer par toutes les couleurs me donne tout de même une forme de satisfaction. Elle reste bouche bée, comme un poisson mort sur un étal. Et ce n'est pas la vue des deux superbes filles sortant de ma chambre en sous-vêtements qui aide à détendre la petite blonde. Je ne leur accorde pas un regard, bien que je sois fortement contrarié par leur départ précipité. Non, je préfère imaginer comment je vais étriper cette gamine qui se tient devant moi et ne lâche pas des yeux les deux femmes qui s'éloignent.

Je claque des doigts pour attirer son attention.

— Eh !

Elle reporte sur moi son regard courroucé.

— Ne me claque pas des doigts sous le nez, Damian.

— Alors ne plombe plus jamais mes plans, miss.

— Tes plans ?

Il lui faut une demi-seconde pour comprendre et à nouveau rougir.

— Je ne… Je… euh.

— Tu quoi ?

Toujours aussi énervé, je fais demi-tour pour me diriger vers mon dressing. J'entends Gabrielle se racler la gorge pendant que j'attrape un pantalon en lin. J'hésite un instant, et avec un sourire qu'elle ne peut voir, je balance mon drap sur le lit et enfile le vêtement sans aucune pudeur. Lorsque je me retourne à nouveau, je lève les yeux au ciel en la découvrant dos à moi. Son côté prude est presque ridicule. Quel âge a-t-elle, bon sang ? Je passe à côté d'elle en la bousculant volontairement. J'imagine qu'elle est soulagée de me voir habillé, puisqu'elle trottine derrière moi jusqu'à la cuisine. Pendant que je cherche un soda dans le frigo, Gabrielle reprend son babillage irritant :

— Je me demandais comment je vais occuper mes journées durant ces décennies ici. Il doit y avoir quelque chose que je peux faire. Je pourrais apprendre deux trois trucs tant que…

Je claque la porte du réfrigérateur avec force et fais deux pas vers elle. Gabrielle sursaute et recule, mais rapidement, elle se retrouve bloquée contre le meuble de cuisine derrière elle. Je m'approche le plus près possible, jusqu'à sentir son souffle se mêler au mien. Lorsque les fragrances fleuries de son shampoing à la noix emplissent mes narines, je fais un effort surhumain pour ne pas inspirer un grand coup. J'aurais l'air d'un fou furieux.

— Écoute-moi bien, Gabrielle. Je ne suis pas enchanté de t'avoir sous mon toit, mais je n'ai pas eu le choix, OK ? Je dois obéir à mon Roi. Par contre, il ne tient qu'à toi de tout faire pour ne pas me contrarier, si tu ne veux pas que je devienne méchant. Alors, je te conseille de ne plus jamais me casser mon coup de la sorte. Parce que

je peux être fortement désagréable lorsque je n'ai pas ce que je désire. Tu saisis ?

La jolie blonde retient son souffle. Elle agite la tête en se mordant les lèvres. Je ne peux m'empêcher de caresser sa joue avec le dos de ma main. Lorsqu'elle frissonne à mon contact, une partie de moi s'enflamme. Merde !

— Tu vois, ma jolie, là tout de suite, je devrais être en train de donner les meilleurs orgasmes de leur existence à ces deux petites nouvelles. Au lieu de ça, je suis bloqué avec une nana qui ne sait pas faire la différence entre un plug et une bague. Alors, soit tu me laisses tranquille, soit je me charge de te montrer toute l'étendue de mes talents en matière de domination.

Elle retrouve enfin le contrôle de sa respiration. Relevant le menton, elle essaie de rester fière.

— Tu n'oserais pas.

— Tu veux parier, Paillettes ?

J'adore la voir fixer son attention sur mes lèvres lorsque j'y passe ma langue. Oh, ma douce… Si tu te montres réceptive, je vais m'amuser comme un gosse au matin de Noël. *Je glisse un doigt le long de la ceinture de son legging noir, ce satané legging qui me laisse deviner les plus jolies fesses de cette partie des Enfers. Sa respiration s'accélère lorsque je saisis le tissu pour l'attirer contre mon torse. Si je devais être totalement honnête, j'avouerais que les palpitations que je ressens ne sont plus uniquement dues à l'énervement. Ce petit jeu m'amuse follement.*

— Dis-moi, mon Ange. Crois-tu que tu saurais résister, si je décidais de te prendre, là, tout de suite ?

Satisfait de la voir complètement chamboulée, je recule un peu pour lui laisser de l'espace. Avec ses grands yeux de biche apeurée, elle me rend dingue. D'un coup, j'en suis presque à espérer qu'elle va s'entêter. Mon esprit commence à l'imaginer dans toutes sortes de scénarii plus alléchants les uns que les autres... Quand elle coupe court à mes rêveries en essayant une stratégie de défense minable :

— Je ne pense pas que mon frère serait ravi de savoir que tu me menaces, Damian.

Je repars vers ma chambre en riant.

— Ma maison, mes règles, beauté ! Mais si tu le souhaites, on lui en parlera la prochaine fois qu'il nous honorera de sa présence !

***

Oui, je sais, c'était puéril comme façon de faire. Quoi qu'il arrive, je ne peux m'empêcher de l'asticoter. Mais je constate avec délice qu'elle est un adversaire de taille. La belle tient sa vengeance. Parce que si je révèle à Lucifer la réelle teneur de notre discussion, il va m'arracher les parties sans l'ombre d'un remord. Je dois avouer qu'elle est forte. Très forte. Avec un sourire, je frotte mon menton en réfléchissant à la meilleure stratégie à adopter. Si elle veut jouer…

Devant la mine stupéfaite de Lucifer, je prends l'air le plus détaché possible.

— Tu sais Luc', j'ai bien remarqué que ta sœur avait une curiosité assez prononcée pour mon… mon travail.

Le petit suspens que j'ai laissé a fait son effet. J'ai vu le sourire de Gabrielle s'effacer. L'espace d'un instant, a-t-elle craint que je ne fasse allusion à notre vraie conversation ? Comme si je pouvais réellement dire à Lucifer que j'ai proposé à sa frangine de la sauter dans ma cuisine pour passer ma frustration ! Néanmoins, elle reste de marbre et je continue sur ma lancée :

— Il y a tant de choses qu'elle ne connaît pas, ici ! Je suis certain que je saurais lui apprendre quelques astuces qui pourront lui servir plus tard.

Le regard de Lucifer passe de l'un à l'autre, cherchant l'entourloupe. Mais elle comme moi, nous sommes bien décidés à ne pas laisser l'autre gagner. Et chacun tente de passer pour l'élève modèle auprès du Roi. Il finit par hausser les épaules en lâchant :

— Oui, bon… Ok. Après tout, tu ne vas pas rester cloîtrée ici pendant des années. Je n'ai qu'une seule doléance. Je ne veux pas que tous les Démons des Enfers sachent d'où tu viens. Et encore moins que tu es ma sœur.

5.
Suis-moi, je te fuis...

Damian

Non seulement je n'ai pas eu droit à mon orgie mensuelle, mais en plus, me voilà obligé de me coltiner la petite blonde même en mission. Mais qu'est-ce qu'il m'a pris de rentrer dans son jeu ? Je ne pouvais pas revenir sur ce que j'ai dit. J'ai donc ravalé ma rage et je l'ai emmenée avec moi. Bien entendu, elle ne se contente pas de me suivre en silence. Ce serait trop facile. Non ! Elle commente, critique… Et moi, comme un bon petit soldat, je ronge mon frein. Parce que je ne peux pas contrarier Lucifer. Il est déjà bien assez chiant comme ça. Si en plus je dois argumenter contre sa précieuse petite princesse, il va devenir infernal. Mon pauvre cerveau est, quant à lui, beaucoup trop malmené d'avoir à la surveiller.

Avoir Gabrielle sur le dos pendant une mission, c'est comme subir une inspection. Non pas qu'on ait ce genre de protocole lorsque l'on est un Démon de ma catégorie, mais j'ai déjà eu vent des tortures infligées à d'anciens profs. Maintenant, je comprends ce qu'ils ressentent. Par chance, je n'ai que des missions bateau. Pas de grands échanges avec l'Autre camp. Heureusement ! Je n'imagine pas expliquer à un Ange Gardien que je me balade avec l'une des leurs juste pour faire plaisir à son frère. Au bout de quelques tentations et autant de questions de la part de la petite blonde, je réalise tout à coup que je ne sais absolument pas quelle est sa mission, au quotidien. Parce que, soyons honnêtes… Elle ferait un piètre Ange Gardien avec des connaissances si limitées sur le rôle d'un Tentateur. Je pourrais le lui demander ? Arf, après tout, qu'est-ce que ça change ?

***

Ce soir, je rentre avec un mal de crâne carabiné et me laisse vite tomber sur le canapé, sans prendre la peine d'enlever ma veste. Les yeux fermés, je cherche à atténuer la migraine en passant mes mains sur mon visage. Il serait certainement plus utile de faire appel à la guérisseuse, mais pour ça, il faudrait bouger… et donc avoir encore des forces. Au bout de quelques secondes, je me sens observé. Pas besoin d'être devin pour savoir que lorsque mes paupières vont s'ouvrir, c'est pour tomber sur deux grands yeux noisette pleins de compassion et je ne suis pas dans les meilleures dispositions pour tolérer sa maudite empathie. Je me retiens de l'envoyer bouler du mieux que je peux lorsqu'elle me demande si je me sens bien. *Ils n'ont jamais de migraine, là-bas ?*

Bien entendu, mon invitée ne semble pas saisir le message. J'entends ses pas approcher et, avec un grognement presque animal, je laisse tomber ma tête sur le dossier du canapé. *Retiens-toi, Damian. Ne lui hurle pas dessus…* Mais, au moment où je sens ma bonne volonté se faire la malle, ses doigts fins viennent se poser sur mes tempes et entament de petits ronds concentriques. Dans un souffle, elle murmure quelques mots dans une langue étrange. L'instant d'après, l'étau qui menaçait de faire exploser ma boîte crânienne se desserre comme par magie. Mon épiderme s'enflamme au contact de ses mains graciles qui, cette fois, passent sur ma nuque et continuent leur danse apaisante. Je baisse le menton pour lui laisser libre accès à mes cervicales, bien trop soulagé de ne plus souffrir pour me demander comment elle a réalisé cet exploit. Je ne sais pas pendant combien de temps je la laisse me masser. Je suis trop absorbé par ses caresses… Quand soudain, une alarme inaudible retentit dans mon cerveau. Enfin, pour être tout à fait honnête, ce n'est pas exactement dans ma tête que les picotements se font ressentir. C'est bien plus bas. Réalisant l'effet que son contact commence à me faire, je saisis ses poignets en ouvrant subitement les yeux. Le menton relevé, je la fixe sans un mot. Voit-elle la prière silencieuse que je lui adresse ? Toujours est-il qu'elle me sourit en fronçant le nez. Je lâche sa main gauche, mais, de la droite, je l'incite à faire le tour du canapé pour s'asseoir à mes côtés. Lorsqu'elle s'installe à une distance raisonnable de moi, je ne sais si je suis frustré ou soulagé. Redressant le torse, je tente de trouver une position qui permettra de lui cacher mon érection naissante. Heureusement, la belle ne lâche pas mon regard. Toujours souriante, elle me demande, inquiète :

— Ça va mieux ?

— Ouais. Merci.

Cinq petites lettres qui déclenchent un hoquet de surprise à Gaby qui me fait face. Légèrement gêné, je passe ma main sur ma nuque. Force m'est de reconnaître que la sensation n'est pas aussi agréable que lorsque c'est elle qui le fait. Elle semble déceler mon trouble, puisqu'elle chasse mes remerciements d'un geste désinvolte.

— Oh, tu parles. Ce n'est rien.

— Je ne sais pas ce que tu m'as fait, mais c'était…

Elle mordille sa lèvre avant de se pencher vers moi en chuchotant avec un air mutin :

— J'essaie de te montrer moi aussi toute l'étendue de mes talents.

Je ne peux m'empêcher de sourire en entendant mes mots dans sa bouche si… *Merde, Damian ! Arrête un peu tes conneries !* C'est peut-être la première conversation réelle que nous ayons et je dois avouer que c'est agréable de parler sans hurler ou se balancer des vacheries. Je tiens là ma chance d'en apprendre plus sur ma colocataire :

— Eh ben, je dois dire que je n'imaginais pas que t'avais des talents cachés. C'est ce que tu fais, chez toi ? T'es une sorte de guérisseuse ?

Gabrielle lève un sourcil interrogateur. *Quoi, ils n'ont pas de guérisseur chez les Coincés* ? Je roule des yeux, un peu théâtralement avant de poursuivre :

— Nan, mais, je te demande ça parce que, clairement, t'es plus douée en soins que pour être Gardien.

Son visage vire au cramoisi et elle croise les bras. Génial, j'ai réussi à l'énerver une fois de plus !

— Comment ça, je ne suis pas douée en tant que Gardien ? Je peux savoir ce qui te fait dire ça ?

— Pour être un bon Gardien, il faut connaître son ennemi, mon Ange.

Joueur, je me glisse plus près d'elle sur le canapé.

— Or, toi, tu poses beaucoup trop de questions. Et…

Elle tressaille lorsque mes yeux se fixent sur ses lèvres.

— … tu sembles bien trop influençable pour tenir tête à l'un des nôtres.

La jolie blonde inspire une grande bouffée d'oxygène avant de retenir son souffle. Je sens qu'elle cherche un moyen de fuir mes questions. Mais devant mon air déterminé, elle n'a pas d'autres choix que de trouver une parade :

— Je ne vois pas en quoi ce que je fais au Royaume Céleste peut t'intéresser.

Alors que je m'apprête à lui répondre, mon téléphone se met à sonner.

Gabrielle

Sauvée par le gong. Qu'est-ce qu'il m'a pris de me laisser emporter comme ça et me rapprocher de ce Démon détestable ? Je maudis mes réflexes bien trop angéliques pour cet endroit. Je ne pouvais pas le regarder souffrir à ce point sans rien faire. Déjà que mes sens sont mis à rude épreuve depuis que je suis arrivée... Cette fois, sa douleur résonnait au plus profond de moi et je n'ai pas pu rester spectatrice. J'ai cédé et je l'ai aidé.

Qu'est-ce que mon père répète toujours ? Ah, oui… Un bon Sénateur agit avec discernement. Il oublie ses instincts et ne se laisse guider que par son esprit logique. Oui, mais quelle est la logique de tout ça ? Je me retrouve punie pour une faute qui n'est pas la mienne, obligée de cohabiter avec un Démon qui sait à peine ranger ses chaussures et, tout ça, parce que j'ai eu la vanité de croire que…

Nous y voilà. La vanité. J'ai été présomptueuse de croire que je pourrais vivre ici. Moi qui pensais pouvoir surmonter toutes les épreuves et être prête à me déclarer candidate au poste de Sénateur, je me rends compte que je ne suis qu'une débutante. Damian a raison de dire que je ne suis pas douée. Ce que je sais, je l'ai appris dans les livres. Mais être sur le terrain avec un Démon, c'est autre chose. J'ai pu apercevoir toute l'étendue des talents de mon hôte. En quelques regards charmeurs, il arrive à entrer dans les cœurs les plus résistants. Il vendrait de la neige à un esquimau avec son sourire enjôleur ! Et encore ! Je m'estime heureuse de ne pas avoir assisté à des missions trop… charnelles. Parce que même en essayant de rester à distance de lui, je vis ici depuis assez longtemps pour savoir quel est son domaine de prédilection. De plus, il a été assez direct sur le sujet, et ce, dès le premier jour. Damian est un homme qui aime séduire. Il ne se prive pas pour le faire comprendre.

***

Malheureusement pour moi, les jours suivants vont me donner confirmation de son côté obsédé… et surtout obsédant. Moi qui pensais que nous avions fait un pas en avant en discutant. J'imaginais que nous pourrions trouver un compromis pour ne plus nous chamailler en permanence. Mais c'était sans compter sur sa propension à me rendre folle. Quand il ne ramène pas de succubes ou de vampires dans son appartement, il passe son temps à me titiller avec des questions déplacées. Le tout dans une tenue souvent minimaliste… Comment arriver à garder la tête froide lorsqu'il se balade torse nu à longueur de journée ?

6.
Et si on jouait, mon Ange ?

Damian

Pour ne plus me retrouver dans une situation aussi délicate, j'ai choisi de faire ce que je fais de mieux. La pousser dans ses retranchements.

Je décide de braver l'interdit édicté par Lucifer et de préparer mon orgie pour le mois à venir. Une de loupée, je ne supporterai pas d'en rater une deuxième. Alors, contente ou pas, Paillettes devra accepter de rester dans sa chambre. Je souris en songeant à ses joues qui deviennent cramoisies lorsque je l'affuble de ce nouveau surnom. Elle enrage intérieurement, mais ne me reprend pas. Depuis le coup de la migraine, il semblerait qu'elle soit aussi disposée que moi à garder une distance plus que raisonnable entre nous. Elle refuse carrément de m'accompagner en mission. Alors qu'au départ je m'en suis réjoui, j'ai vite compris que mon Roi n'entendait pas les choses de la même manière. Si Gaby reste ici, moi aussi ! Je n'ai jamais vu Lucifer s'inquiéter du sort de quelqu'un. Je n'aurais pas imaginé qu'il tienne autant à sa sœur. Lui qui évite soigneusement de parler de sa famille, il me paraissait bien heureux de vivre loin d'eux. Or, quand je le vois couver la petite blonde du regard, je comprends que la situation est bien plus complexe qu'il ne veut l'avouer. Il a même fini par donner son accord pour la soirée, me promettant de trouver une solution pour occuper Gabrielle.

Me voilà donc réduit à limiter mes sorties et à chercher de pauvres excuses pour envoyer Gaby aux quatre coins des Enfers pour des courses imaginaires ! Au moins, pendant ce temps-là, elle n'est pas dans mes pattes... Mais merde, elle reste dans ma tête ! *Et s'il lui arrivait quelque chose ? Si elle se perdait ? Argh, quel con* ! Aussi, je dois dire que je suis soulagé de la voir revenir chaque fois en un seul morceau.

Cette fille m'intrigue… Elle est ici depuis quelques semaines seulement, mais elle semble trouver ses marques plus vite que certains serial killers. Je la vois gagner en confiance de jour en jour. Elle prend des notes, analyse chaque situation pour en tirer un enseignement. Je rêve ou elle transforme cette punition en expérience ? Et moi, comme un abruti, je me surprends à la surveiller du coin de l'œil, à vérifier qu'elle va bien à chaque fois qu'elle passe ma porte. Par contre, je prends toujours un malin plaisir à la faire enrager. Je suis le seul à la faire sortir de ses gonds ici-bas, et je ne m'en prive pas. Toutes les occasions sont bonnes ! J'ai tenté de l'assigner aux tâches domestiques les plus rudimentaires, espérant la rendre folle. Mais non seulement elle a fait le ménage de bonne grâce, mais en plus, elle s'est mis en tête de réorganiser mon système de rangement ! Elle cuisine. Elle repasse. Que puis-je y faire ? Cette fille est réellement tout ce que je déteste. Un pur produit de ce que l'Autre Côté vante à longueur de temps. Sa seule faiblesse semble être sa candeur. J'en suis même à me demander si la belle n'est pas vierge. Après tout, peut-être qu'ils naissent dans des nuages magiques, là-haut ?

Si je veux la faire enrager, je dois frapper là où ça fait mal. Parce qu'après tout, je suis un Démon, n'est-ce pas ? Alors, allons-y franchement !

Installé nonchalamment sur mon canapé, je dicte mes consignes à mon assistant, un Nephel[5] nommé Haroun, lorsqu'elle entre dans l'appartement. Une fois encore, elle a choisi de faire compliqué en allant sur Terre se ravitailler. Cette fille est dingue. Elle a à sa disposition tous les pouvoirs des Enfers, une horde de damnés prêts à assouvir mes moindres désirs, et donc les siens… Et mademoiselle va faire ses courses sur Terre, comme une Cro-Magnon ! Je lève les yeux au ciel en soupirant. Mais je perds réellement patience en voyant Haroun la fixer avec la bouche légèrement ouverte. *Je rêve ou il bave, cet abruti ?* J'ai beau me racler bruyamment la gorge, il ne semble pas pouvoir détacher son attention de ma nouvelle invitée. Comble de tout, la belle ferme la porte du frigo et s'avance vers nous en tendant la main.

— Bonjour ! Je ne crois pas que nous nous soyons déjà rencontrés. Je m'appelle Gabrielle et je vais vivre ici un…

Sous l'œil médusé de Gabrielle, Haroun commence à se prosterner à ses pieds. Je pousse un petit grognement exaspéré quand elle se précipite vers lui.

— Non, mais relevez-vous ! Ça ne sert à rien de…

---

[5] Nephelims : personnages surnaturels issus de l'union entre un « fils de Dieu » et une « fille de l'Homme ».

Saoulé par toute cette perte de temps, je saisis le gamin par le col pour le remettre sur ses deux pieds. Je tire un peu sur les pans de sa veste pour la réajuster et coupe court à tout ce cirque.

— Haroun, voici Gabrielle. Elle va… oui, vivre ici quelque temps. Et Gabrielle, voici Haroun. Il était mon assistant il y a encore cinq minutes jusqu'à ce qu'il me rende dingue et que je décide de le renvoyer illico dans les limbes où …

Mon jeune assistant blêmit avant de se mettre à bafouiller :

— Non, non monsieur, s'il vous plaît ! Vous disiez donc que le thème de votre prochaine soirée serait Scandale des Bacchanales.

Il se penche à nouveau sur son carnet pour me redonner la liste des dispositions que je veux qu'il prenne. Avec un air de triomphe, je souris à Gabrielle qui se décompose sur place en comprenant la teneur de mes échanges avec mon assistant. Elle ne dit rien quand il dresse l'inventaire des différents sex-toys dont nous disposons, ni quand il me demande si je souhaite donner une ambiance antique à la décoration de table. Je saisis l'occasion de titiller mon invitée en plaçant avec un air presque innocent des phrases pleines de termes qui heurtent ses douces oreilles. Rouge comme une pivoine, elle finit par s'enfuir dans sa chambre lorsque Haroun évoque les noms des Succubes à convier afin de satisfaire les adeptes d'échangisme. Et moi, je ris sous cape.

Gabrielle

J'espère que c'est une vaste blague. Il ne va tout de même pas organiser une soirée libertine, ici ? *Réfléchis, Gaby. Rappelle-toi son attitude lorsque vous vous êtes rencontrés.* Tout en lui est un appel à la luxure. Il suffit de voir comme il murmure à l'oreille de cette auteure en lui suggérant des romances toujours plus teintées de sexe. Et le pire ? C'est qu'il arrive à faire ça avec style. Parce que même moi, je me surprends à avoir envie de lire par-dessus l'épaule de la petite brunette. Mais je refuse d'entrer dans son jeu. J'ai déjà bien trop de mal à ne pas l'admirer quand il revient à la maison après une séance de sport. J'ai appris il y a quelque temps qu'il aime courir. C'est presque sa seule raison d'aller sur Terre, si ce n'est pour son travail. Il part, en short et débardeur, écouteurs vissés aux oreilles et ne revient que des heures après, transpirant. Mince, ce que j'ai chaud quand il rentre ! Déjà qu'en temps normal, il est certainement le plus bel homme que j'aie vu, mais lorsque son t-shirt trempé colle contre son torse et qu'il s'arrose avec la première bouteille d'eau glanée dans le frigo, j'ai la furieuse envie de l'accompagner sous la douche. *Mince, Gaby, mais ça ne va pas la tête ?! Ils diraient quoi, là-haut, s'ils te voyaient baver devant un Démon, aussi sexy soit-il ?*

Alors en imaginant mon hôte en maître de cérémonie d'une soirée clairement libertine, mon esprit et mes sens s'échauffent.

Pour la première fois depuis que je suis ici, je craque et sors mon portable. Je compose le numéro en hésitant. Je sais que c'est une très mauvaise idée. Mais j'ai besoin de soutien et je ne vois pas qui appeler d'autres. Gaïa[6], ma meilleure amie ? Elle ne sait même pas que je suis ici. La pauvre, elle en ferait mourir toutes ses jolies fleurs de désespoir. Elle qui est si douce, si fragile, je n'imagine pas sa réaction. Hors de question de joindre Elliot. Il ne me reste qu'une seule solution. Le pouce suspendu au-dessus de la touche verte, je pèse une dernière fois le pour et le contre… et lance l'appel.

— Gabrielle ? Un souci ?

— Salut Gan. T'as une minute à m'accorder ?

Ganesh[7], c'est le plus sympathique de mes oncles. Loin des préoccupations des Sénateurs, il jouit tout de même d'une notoriété et d'une autorité confortable dans sa contrée. Peu enclin à s'investir dans la vie politique du Royaume Céleste, il a choisi de consacrer son temps libre à l'accompagnement et l'éducation des Anges en formation. Et je dois avouer que, de tous, Gan est mon

[6] Ancêtre maternelle des races divines.
[7] Divinité hindoue de la sagesse.

formateur préféré. Il est toujours d'humeur égale, tendre et attentionné. Depuis toute petite, je lui confie mes états d'âme, mes aspirations. Ganesh est connu pour être de bon conseil. Alors, si je dois m'abaisser à demander des astuces sur *comment gérer une soirée au cœur des Enfers*, c'est bien vers lui que je me dirige.

— J'ai toujours du temps pour toi, ma puce. Alors, ce petit stage chez ton frère ? Ça se passe bien ?

Comment lui répondre honnêtement…

— J'essaie de m'adapter. Mais Lucifer est débordé et…

Le mieux, c'est de balancer la vérité d'un coup. Comme un pansement qu'on arrache. Si je tourne autour du pot, je vais me dégonfler.

— Du coup, je me retrouve chez un de ses Démons.

Ganesh émet un petit claquement de langue réprobateur.

— Lequel ?

J'imagine qu'au vu du nombre de démons et créatures qui peuplent les Enfers, il va être difficile pour lui de situer de qui…

— Je ne me trompe pas en pensant que c'est Damian ?

Merci, Gan. Tu m'enlèves une épine du pied. Mon cœur tambourine contre ma cage thoracique. Est-ce une bonne nouvelle que son nom soit connu par l'un des Dieux les moins impliqués dans la lutte contre les Enfers ? Il est vrai que je ne me suis jamais interrogée sur le pedigree de mon nouveau colocataire. Pour moi, c'est un Démon. Point. Donc une personne infréquentable par nature. Une fois encore, je me trouve prise à défaut. Mais mince, moi qui ai toujours été si consciencieuse, pourquoi est-ce que je multiplie les déboires depuis quelques mois ? Une petite voix tout au fond de moi me chuchote que je devrais regarder du côté de ma relation avec Elliot. Mais avec une quasi mauvaise foi, je la rabroue, refusant de mettre la faute sur mon meilleur ami. Je dois juste me ressaisir.

— Tu le connais, donc ?

— C'est le meilleur ami de ton frère, Gabrielle.

Gan a toujours été très proche de notre famille. C'est un oncle remarquable, qui s'est toujours beaucoup impliqué dans nos vies, tant pour Lucifer que pour Pandore et moi. Il est donc logique qu'il connaisse le meilleur ami de mon frère. Je soupire, pour le coup incertaine de la tournure que va prendre la conversation.

— Eh bien, je suis chez lui. Pour toute la durée de mon exil ici. Il est du genre…

— Difficile ?

Doux euphémisme !

— Oui.

— Écoute, Gabrielle. Tu es maîtresse de ton destin, ma puce. Tu ne dois pas laisser un autre te dicter ta conduite. Il cherche à te connaître, à tester tes limites. À toi de savoir quelle part de toi tu veux lui accorder.

Une vague de chaleur commence à me monter aux joues. L'image de Damian et de ses yeux si clairs apparaît. Damian qui rit. Damian qui hausse un sourcil. Damian qui me tient le poignet… Ganesh s'esclaffe à l'autre bout du fil devant mon silence.

— Voilà. N'oublie pas que tu es là pour apprendre, avant tout. Fais tes propres expériences.

7.
... Fuis-moi, je te suis !

Damian

Je pensais qu'organiser à nouveau une grande soirée chez moi pouvait me dérider. Mais je me rends compte que je suis plutôt au bord de la crise de nerfs ! Et tout ça, une fois de plus à cause de la blonde qui squatte mon espace vital. Gabrielle est partout. Elle fait mon ménage, ramasse mon linge, passe du temps avec cet abruti d'Haroun… Je regrette le temps béni de ses premiers jours où elle passait des heures enfermée dans sa chambre et où elle devenait écarlate à la moindre évocation des mots *orgasme*, *pénétration* ou *fellation*. Mon meilleur souvenir reste sa fuite lorsqu'elle m'a entendu prononcer le mot *sodomie* !

Aujourd'hui, la voici qui tourne autour de mon assistant, lui posant ces milliers de questions avec lesquelles elle me saoulait il y a de cela quelques semaines. Je devrais savourer la paix royale dont elle me fait grâce. Sauf que je suis encore plus contrarié par sa nouvelle attitude.

Certes, obtenir le droit d'organiser cette soirée de débauche chez moi m'a redonné le sourire. Il est vrai que je délègue à Haroun tout le boulot que constitue l'organisation, mais l'idée de pouvoir goûter aux joies simples des Enfers me satisfait. Le combo musique, alcool et sexe est une promesse qui chante à mes oreilles. Mais tout mon plaisir est gâché lorsque je vois Gabrielle glousser en posant sa main sur le bras du Nephel qui rit à son tour. J'ai juste envie de l'envoyer trimer à l'autre bout du Royaume pour ne plus voir son petit air satisfait. Qui sourit aussi bêtement au fin fond des Enfers ? Je préfère quitter la pièce avant d'arracher la tête de mon assistant. *La flemme d'en former un autre.*

Comment les choses ont-elles pu basculer aussi vite ? À quel moment ai-je commencé à m'intéresser à ce qu'elle fait ? Si je devais être totalement honnête, je dirais que son air de vierge effarouchée lorsque je l'ai taquinée dans l'Antichambre m'a immédiatement rendu dingue. Je me voyais déjà lui attraper les cheveux quand elle a levé ses grands yeux noisette vers mon visage. C'est à cet instant que j'ai senti mon intérêt se réveiller. Mais je dois avouer qu'apprendre qu'elle était la sœur du Patron m'avait refroidi. *Merde, plus intouchable, tu meurs* ! Et comble de tout, il me l'avait collée dans les pattes !

Tout à mes pensées, je réalise que je suis encore sous la douche lorsque l'eau se fait glacée. Je coupe le robinet et sors pour attraper une serviette accrochée. C'est l'instant qu'elle choisit pour ouvrir la porte à la volée en chantonnant. Quand elle découvre que la place est déjà prise, elle se fige en se mordillant les lèvres. Ah, cette jolie teinte vermillon sur sa peau pâle ! Contre toute attente, elle ne quitte pas la pièce et prend même la liberté de laisser son regard glisser sur mon corps. Loin de me sentir gêné, je continue d'essuyer mes cheveux en avançant vers elle. Quand j'arrive à ses côtés, je lui murmure à l'oreille.

— La prochaine fois, mon Ange, rejoins-moi sous la douche, on s'amusera.

Gabrielle

Oh. Mes. Aïeux.

Depuis des semaines, je lutte contre ces idées qui germent dans mon esprit. Ce démon de malheur cherche toutes les occasions pour me rendre folle. Entre cette manie de m'appeler Paillettes, ou pire *mon Ange,* même au beau milieu des Enfers — pour l'anonymat, tu repasseras —, ces allusions salaces permanentes et sa façon sexy de déguster des glaces à longueur de journée, je sens mon sang bouillir de plus en plus. Et puis d'abord, qui est-ce qui mange autant de crèmes glacées sans prendre un gramme ? Oui, d'accord, être un démon de catégorie supérieure, ça aide… Ou encore, l'autre jour, pendant que je cuisinais pour lui, il s'est mis à chantonner dans mon dos :

— Écarte les cuisses que je m'y glisse…

Est-ce de la pure provocation ? Vu le nombre de filles qui ont défilé ici depuis mon arrivée, je ne suis même pas certaine qu'il y mette une quelconque malice. Ce mec est juste accro au sexe. Je dois me mettre en tête que tout ici est différent de chez moi. *Allez, Gaby, tiens bon. Tu peux le faire. Tu peux leur prouver que tu es capable de résister à toutes les tentations, que tu as un calme défiant toute concurrence.*

Heureusement, je trouve du réconfort auprès d'Haroun. D'emblée, j'ai ressenti de la sympathie pour cet homme discret, obligé de travailler pour ce tyran qu'est Damian. Quelle que soit l'heure du jour ou de la nuit, il lui donne pléthore de tâches à accomplir, sans jamais se soucier de le remercier ou de l'encourager. J'essaie donc de contrebalancer la mauvaise attitude de Damian. En même temps, j'avoue que cela me fait un bien fou de penser à autre chose qu'à mon hôte et sa passion pour les plaisirs charnels. Haroun est simple, sans artifice. Plutôt gringalet, de grosses lunettes en plastique noir qui retombent souvent sur le bout de son nez, il a tout du premier de la classe un peu paumé. Pourtant, il est d'une efficacité exceptionnelle ! D'une main sûre, il envoie mails et SMS à travers tous les Enfers pour répondre aux exigences les plus farfelues de son patron.

Je pensais vraiment avoir trouvé ma place dans cette maison… Mais aujourd'hui, comble de malchance, il a fallu que Damian se balade nu, comme si de rien n'était. Bon, d'accord, il est chez lui… Et d'accord, j'ai *peut-être* débarqué dans la salle de bains sans prévenir, mais… C'est déloyal de me murmurer à l'oreille. Parce que sentir son souffle contre ma peau m'a complètement chamboulée. Cette boule de chaleur qui gronde dans le bas de mon ventre chaque fois qu'il me fixe en relevant un sourcil s'est mise en éruption pour atteindre mon cerveau. Et depuis une heure, je l'écoute blablater au téléphone avec je ne sais qui, en ne portant rien de plus qu'un jean qui retombe sur ses hanches. *Du calme, Gaby. C'est certainement Lucifer au bout du fil.* Mais mince, que ne donnerais-je pas pour qu'il lâche ce satané portable et qu'il pose ses mains sur moi. Au moment où il passe ses doigts dans ses cheveux, je crois défaillir. *Ressaisis-toi, ma grande ! Après tout, ce n'est pas le premier homme torse nu que tu vois !* Même si celui-ci est particulièrement sexy. Je ne sais pas ce qui me perturbe autant. Ses tatouages ? Ah oui, charmante cette fresque qui couvre son dos, mettant en exergue toutes les interprétations des Enfers à travers les Âges. Alors peut-être est-ce l'attrait de l'interdit ? Pour la millième fois depuis que je suis arrivée, je me morigène pour avoir voulu venir ici.

Enfin, après une formule de politesse, Damian raccroche son téléphone et pose les yeux sur moi. Sans une parole, il s'approche avec un sourire aux lèvres. Droite comme un i, les mains croisées devant moi, j'essaie de ne pas laisser mon émoi transparaître. Une vraie torture, parce qu'il s'arrête à quelques centimètres de moi et pose sa main sur ma hanche sans lâcher mon regard. Comme au ralenti, je le vois se pencher à mon oreille une nouvelle fois pour me chuchoter.

— Si tu continues de me regarder comme ça, mon Ange, je ne réponds plus de rien.

À quel moment est-ce que tout bascule ? Je n'en sais rien. Tout ce que je sais, c'est que je n'y tiens plus et passe ma main sur sa nuque pour saisir une poignée de ses cheveux. Comme un signal de départ, sa bouche prend possession de la mienne avec rage. Ses lèvres ont un goût merveilleux, sa langue qui danse avec la mienne fait bondir mon rythme cardiaque. Oh, j'entends bien cette petite voix tout au fond de moi, qui essaie de me mettre en garde, mais non ! Non, je ne l'arrêterai pas. Je ne mettrai pas fin à ce que j'ai moi-même initié, à ce que j'ai imaginé mille fois lorsque j'étais seule dans mon lit.

Sentir Damian me serrer contre lui, deviner son désir évident à travers son jean me retourne le cerveau. Alors, comment définir la sensation provoquée par ses mains qui caressent mes fesses, les chérissent avant de les pincer, m'arrachant un petit cri de surprise. Ni une ni deux, Damian éloigne brutalement ses lèvres des miennes et me tire par la main.

— Viens par ici.

J'ai presque du mal à le suivre, tant je suis fébrile, même si je sais très bien que c'est vers sa chambre qu'il m'entraîne. Il ne prend pas la peine de fermer la porte. Il soulève ma robe pour l'enlever d'un seul geste. Victorieuse, je souris en entendant son grognement devant l'absence de mes sous-vêtements. Je ne sais pas ce qu'il m'a pris ce matin de délaisser cette partie importante de ma tenue quotidienne… Mais voir son regard brûlant me détailler de la tête aux pieds n'a pas de prix !

— Bordel !

Avec une douceur inattendue, il m'embrasse une dernière fois avant de m'allonger sur son lit. Je serre les cuisses et joue avec une mèche de mes cheveux. Mince, il en met du temps pour ôter son jean ! Quitte à être damnée, autant y aller à fond. Il me provoque depuis des semaines, cette fois, c'est mon tour ! Avec un regard coquin, je laisse ma main descendre entre mes cuisses. Combien de fois ai-je rêvé de cet homme, seule dans l'intimité de ma chambre, pendant que je me caressais ? Même dans mes fantasmes les plus fous, je n'imaginais pas combien le voir nu devant moi, son sexe à la main fièrement dressé juste pour moi, comblerait mon ego. Que ce soit la largeur de ses épaules, le dessin parfait de ses muscles, la pilosité rendant sa silhouette virile à souhait. Non, vraiment, il n'y a rien à changer chez Damian.

— Arrête de me regarder comme ça, Gaby. Parce que j'essaie de la jouer cool avec toi, mais si tu pousses le bouchon, je vais te baiser comme un sauvage.

Je devrais me sentir honteuse devant tant d'obscénité, pourtant je me mets à rire. Mon séjour ici m'a-t-il tant changée ? Je m'en moque, à vrai dire.

— Et qui te dit que je veux que tu la joues sympa ?

Il s'allonge au-dessus de moi, attrape ma cuisse et, sans prévenir, s'enfonce en moi d'un seul mouvement du bassin. Pas de tendresse, pas de préliminaires. Damian est comme moi, il brûle d'impatience et ne prend pas la peine de s'assurer que je suis prête. Pas besoin. Tout en moi lui crie de me prendre sans attendre. Mon corps l'accueille avec bonheur, mes parois l'enserrent avec délice. Il me mordille la peau du cou tout en continuant ses va-et-vient puissants. Je sens rapidement la chaleur m'envahir et ma respiration erratique le fait rire.

— Déjà au bord du précipice ?

Je ne peux qu'acquiescer. Alors que je suis prête à exploser, il s'interrompt et me prive de sa peau. Comme une junkie, je m'entends le supplier.

— Non, non, encore !

— Tourne-toi.

Ooohhhh… Comme un Ange bien obéissant, je m'allonge sur le ventre, bien trop heureuse de suivre ses consignes. Il soulève mon bassin pour plonger une nouvelle fois en moi.

— Oh mon…

— Chut, pas de blasphème, Paillettes.

Je m'en fous des blasphèmes ; j'ai déjà brisé bien assez de lois. Explosé trop de barrières. Mais je suis incapable de regretter quand il s'enfonce à nouveau en moi encore plus profondément. Je perds complètement pied, m'agrippant au drap dans un vain espoir de trouver un point d'ancrage à la réalité. Je ne suis plus capable de réfléchir, haletante, pantelante, je m'entends en réclamer encore. Il n'en faut pas plus à Damian pour accéder à mes prières. Il accélère encore le mouvement, m'emportant avec lui dans une vague de plaisir que je n'avais jamais connue jusque-là. Ce tsunami d'émotions déferle et détruit tout sur son passage, mes principes, ma timidité et ma sagesse, pour ne laisser qu'une femme pleine de désir pour ce démon. Il finit dans un râle viril et reprend son souffle, le front appuyé contre mon dos. Quelques secondes plus tard, il dépose un baiser entre mes omoplates et se laisse tomber à côté de moi. Son regard scrute le mien, certainement à la recherche d'une quelconque trace de culpabilité. Il me paraît presque… Inquiet ?

J'ai la confirmation de ses doutes quand, dans un froncement de sourcils, il me demande tout bas :

— Ça va ?

Je me tortille pour venir me caler contre lui.

— Pourquoi est-ce que ça n'irait pas ?

Il se met à rire. J'aime l'entendre rire !

— J'imagine que c'était ta première fois ?

Cette fois c'est à mon tour de me moquer.

— Certainement pas ! Tu crois quoi ? Qu'on naît dans des roses et des choux, là-haut ?

— Non ! Enfin… je ne sais pas. Je n'y ai jamais mis les pieds. J'aurais peut-être dû, si elles sont toutes comme toi.

— C'est-à-dire ?

— Sexy en diable.

Je me redresse pour le chevaucher. Avec délectation, je le sens réagir à mon contact. Je prends son sexe entre mes mains pour le caresser lentement.

— Je ne te suffis pas ?

Avec une petite moue arrogante, il hausse les épaules :

— Si t'avais une ou deux copines qui pouvaient se joindre à nous…

Lorsque je le guide pour entrer en moi, il ferme les yeux en murmurant un juron. Quand il les ouvre à nouveau, cette lueur de désir que j'y retrouve me prouve qu'il n'a besoin que de moi. Je me sens libre aujourd'hui, et j'ai envie de m'amuser à ses dépens. Il me prenait pour une ingénue innocente ? Mais est-il prêt à me voir repousser mes limites ? Sa respiration s'accélère au rythme de mes mouvements de bassin. Cette fois, c'est moi qui lui glisse à l'oreille :

— On en reparle, de cette histoire de plug ?

8.
Oups !

Damian

Cette fille est un mystère complet. On s'envoie des piques à la figure depuis son arrivée et chacun semble exaspéré par la seule présence de l'autre. Mais en l'espace de quelques secondes, mon monde a basculé quand elle m'a embrassé. Et nous avons passé les heures suivantes à faire l'amour dans toutes les positions possibles et imaginables. Si elle rougissait comme une écolière catholique en entendant parler de sodomie, force m'est de constater qu'elle est beaucoup moins timide lorsqu'il s'agit de se mettre à la pratique ! Jamais rassasiés, nous avons passé la journée dans ma chambre, oubliant tout. Puis elle a fini par s'endormir, un sourire aux lèvres. Et moi, comme un con, je la regarde dormir depuis une heure, comme si elle était la huitième merveille du monde. Merde, jamais je n'aurais pu imaginer que cette petite blondinette pourrait me retourner le cerveau à ce point !

Alors OK, les préjugés ont la vie dure… Je suis un démon, mais je ne suis pas totalement dénué de conscience. Peut-être que les Anges ont eux aussi leur part d'ombre ? Pourquoi pas ? Mais maintenant que mon cerveau retrouve son calme, je réalise dans quelle merde je me suis mis. Parce qu'il ne m'appartient certainement pas de choisir d'avoir un avenir avec elle ou non. Nous ne sommes pas du même monde, point final. Et que dira son frère quand…

— Damian !!

La voix forte de Lucifer résonne dans la maison. MERDE !! Je me redresse rapidement et saute hors du lit. Gabrielle grogne de protestation en rabattant le drap sur ses épaules.

— Damiiiian ! T'es là ?

La voix se rapproche de la porte de la chambre. Il me faut un plan. Vite. La réveiller ? Pas le temps. Je remonte un peu plus le drap, tâchant de camoufler au maximum ses boucles blondes si reconnaissables. J'enfile mon jean à la hâte puis me glisse à l'extérieur de la chambre. Mais au moment où je m'apprête à refermer la porte, Lucifer pose sa main sur mon épaule en riant.

— Ah, te voilà ! Vu ta tête, tu ne devais pas être seul, là-dedans. Je la connais ?

Il tend le cou pour essayer d'apercevoir la fille par la porte entrouverte, que je m'empresse de refermer, d'un air certainement coupable.

— Absolument pas. Qu'est-ce que tu veux ?

Lucifer se renfrogne devant mon air maussade.

— Faut qu'on parle de ma sœur. Tu sais où elle est ?

Prends un air détaché.

— Non. Pourquoi le saurais-je ?

Mon ami croise les bras sur son torse, cette fois visiblement agacé.

— Parce que je te l'ai confiée, Damian. S'il lui arrive quelque chose…

Vous savez comme parfois tout s'acharne contre vous ? Quand vous avez l'impression que le Sort s'amuse à vos dépens ? À cet instant, la porte s'ouvre sur une

Gabrielle enroulée dans mon drap noir, les yeux embrumés et les cheveux délicieusement emmêlés. Un tableau post-coïtal exquis… sauf lorsqu'on est le frère aîné de ladite demoiselle. Les yeux de Lucifer vont et viennent entre elle et moi, comme s'il tentait de se convaincre de vivre un cauchemar, ce qui serait plus tolérable pour sa santé mentale que de m'imaginer culbuter sa douce frangine. Puis, devant l'évidence de la situation, il se met à vociférer. Qu'est-ce qui peut être pire que de rendre le Diable fou de rage ?

Gabrielle

Je n'avais jamais remarqué les similitudes entre Lucifer et notre père. Or là, en le voyant rouge de colère et hurlant comme un fou, je dois admettre que leur ressemblance est flagrante. Il m'a fallu quelques secondes pour comprendre pourquoi il était dans cette rage folle, mais en voyant Damian glisser ses doigts dans ses cheveux d'un air contrit et en me souvenant que je suis nue enroulée dans son drap, mes neurones retrouvent vite leur sens logique. Mon frère vient de découvrir que j'ai passé du bon temps avec un démon et, clairement, il le vit mal. Oh, je pourrais tenter d'argumenter… Mais s'il est comme notre père, inutile d'essayer d'en placer une. Alors sans un mot, je passe entre les deux hommes en grognant et me dirige vers la cuisine. Je remonte le couloir en traînant mon drap quand j'entends la voix de Lucifer hurler mon prénom.

— Gabrielle ! Reviens ici tout de suite, je n'en ai pas fini avec toi !!

Ai-je le droit de glousser en me rappelant que Damian m'a dit la même chose il y a quelques heures ? *Pas sûr, hein…* Je choisis d'ignorer les hurlements de mon frère en ouvrant le frigo à la recherche d'un soda. Crotte ! Même pas une canette entamée qui traîne ? J'entends des pas venir vers moi et me retourne pour faire face à un Lucifer cramoisi de colère.

— Je peux savoir ce qui t'est passé par la tête ?!

— Disons… Une envie soudaine ?

Aïe… Vu son visage qui se décompose, je n'ai pas choisi la meilleure solution en jouant la carte de l'humour. Je me tortille dans ma toge de fortune, tout à coup très angoissée à l'idée que mon frère se rende compte de ma nudité. Le pauvre Lucifer lève les bras au ciel en continuant son soliloque. Il jure qu'il préfère ne pas imaginer la réaction de notre père quand il l'apprendra. Et que je fous tout mon avenir en l'air. Tout ce pour quoi j'ai bossé si dur. C'est sur cette dernière phrase que je lui coupe la parole :

— Mais tu veux bien arrêter une minute ? Je ne vois pas en quoi Damian...

Je m'interromps lorsque l'intéressé apparaît dans mon champ de vision. Il a changé de pantalon et a passé une chemise crème col mao qui le rend encore plus beau. Les mains dans les poches de son pantalon en toile, il me fixe, semblant lui aussi attendre avec impatience la fin de ma phrase. Je m'enroule encore un peu plus dans mon drap et reporte mon attention sur mon frère.

— Écoute, je suis bien assez grande pour faire mes propres choix. Pour une fois, j'aimerais qu'on me laisse choisir seule ce que je veux faire de ma vie.

Damian s'avance vers son ami et le pousse de l'épaule, dans un geste qui se veut léger.

— On s'amuse, Luc'. Mais ça n'ira pas plus loin.

J'acquiesce avidement, pour faire bonne figure devant mon frère.

Non, ça n'ira pas plus loin. J'en ai bien conscience, moi aussi. Alors pourquoi mon estomac se serre-t-il lorsque j'entends Damian le dire à haute voix ? Je n'ai pas le temps d'y réfléchir que Lucifer se précipite sur lui et le saisit à la gorge pour le soulever à plusieurs centimètres du sol, déployant par la même occasion ses immenses ailes noires et or. J'avais oublié à quel point il peut être irascible, si bien que tout à coup, j'ai peur pour Damian. Je me précipite pour attraper le bras de mon frère ; j'essaie tant bien que mal de tirer sur son coude pour lui faire lâcher prise. Mais entre ma force de moucheron asthmatique et son envie folle d'arracher la tête à chacun des types qui tentent de poser ne serait-ce que les yeux sur moi, c'est peine perdue.

— Lucifer, arrête ! Lâche-le, mince !

Alors que je m'étais promis de rester la plus neutre et la plus discrète possible, je me sens obligée de venir en aide à Damian. Je souffle, excédée, tout en nouant mon drap autour de ma poitrine puis, à contre-cœur, je pose mes deux mains sur le bras de Lucifer et lui assène une décharge électrique plutôt salée. Courte, mais intense, elle a le mérite de faire revenir mon frère à la raison. Il lâche le cou de Damian qui retombe sur ses pieds en toussant. Lucifer me fusille du regard en se frottant le bras.

— Merde, Gabrielle, tu fais ch…

Cette fois, c'est à mon tour de faire les gros yeux.

— Lucifer, modère tes paroles.

— Tu sais que je déteste que tu fasses ça. C'est douloureux.

— Tu l'as bien cherché.

Le Diable se met à faire les cent pas dans l'immense pièce à vivre, les mains sur la tête.

— Cherché ? *Cherché* ?! Mais Gabrielle, tu t'écoutes parler deux minutes ? Je t'accueille ici, je promets à Papa de te garder en sécurité et toi, tu…

Il s'arrête soudainement, une expression de panique sur le visage. Ma gorge qui se noue au même moment me laisse deviner ce qu'il va dire. J'espère qu'il va tenir sa langue…

— Et Elliot ? T'as pensé à Elliot ?

Je sens mes épaules s'affaisser à l'évocation de ce prénom. Moi qui pensais déjà être dans la mouise, le regard que me lance Damian achève de me miner le moral.

— C'est qui, Elliot ?

9.
Juste une mise au point

Damian

Reste calme. Ça ne change pas grand-chose, après tout. Le silence s'étire entre nous. Les bras croisés, j'essaie de paraître le plus détaché possible. La jolie blonde me fixe en mordillant sa lèvre et en se dandinant sous son drap. Toute son attitude crie la culpabilité qu'elle éprouve et elle n'a pas besoin de me répondre. Après tout, j'imagine qu'elle a une vie, là-haut ! Alors rien d'étonnant à ce qu'un Ange bien propre sur lui l'attende gentiment, avec des fleurs et des chocolats. Tout ce que je ne lui donnerai jamais. Gabrielle resserre un peu sa toge de fortune et redresse les épaules pour répondre à Lucifer :

— Je ne vois pas en quoi ce que je fais ici peut intéresser Elliot.

Elle s'avance jusqu'à n'être plus qu'à quelques centimètres de moi. Dans ses prunelles noisette, j'essaie de trouver du réconfort. Je cherche cette petite lueur d'espoir, celle qui me fera croire que ce que nous avons n'est pas une illusion.

— Elliot est mon meilleur ami. Il ne sait pas que je suis ici, il était en mission quand je suis partie. Il s'inquiète toujours beaucoup pour moi et Lucifer le sait.

Elle échange un regard avec son frère avant de glisser ses bras autour de ma taille. Le soupir exaspéré de Luc' n'arrive pas à faire redescendre l'adrénaline qui court dans mes veines lorsque Gabrielle me touche comme ça. Avec un air mutin, elle se met sur la pointe des pieds pour me chuchoter avant de m'embrasser :

— De toute manière, ce qui est fait est fait. Rien ne pourra me faire culpabiliser.

Lorsqu'elle quitte la pièce, l'atmosphère se charge en électricité. Le regard rouge sang de Lucifer pourrait me tuer sur place. Je refuse de baisser les yeux. Roi ou pas, je ne vais pas me laisser intimider. Je devrais peut-être avoir honte d'avoir couché avec sa sœur sans lui en parler. Mais il peut certainement comprendre que nous n'avons rien prémédité. Pour essayer de dédramatiser le truc, je fais apparaître deux verres et ma meilleure bouteille de bourbon sur la table basse près de lui. Avec l'air le plus détaché possible, je m'assois sur le canapé et l'invite à me rejoindre d'un signe de tête.

Lucifer et moi nous connaissons depuis des millénaires. J'étais là quand il est arrivé, et j'ai été l'un des premiers à croire en lui lorsqu'il a voulu briguer le poste de Roi des Enfers. Hadès[8] se faisait vieux et voulait passer le flambeau. Il m'apparaissait évident que Luc' était le meilleur pour le remplacer. Je n'ai jamais regretté mon choix. Nous avons toujours été côte à côte, quelles que soient les embûches, alors je dois dire que je ne me sens pas à l'aise de le voir aussi énervé. Pourtant, il s'installe en face de moi, sans un mot. Je verse le liquide ambré dans nos deux verres et lui tends le sien. Je ne sais pas s'il attend que je prenne la parole ou non, mais je me lance sans me poser plus de questions :

— Écoute, Luc'... Je suis désolé. J'avais prévu de t'en parler, mais...

---

[8] Divinité grecque considérée comme le « Maître des Enfers ».

— Me parler de quoi ? Du fait que tu sautes ma frangine juste sous mon nez ?

Touché.

— Je ne la…

À nouveau son regard devient rubicond. Les flammes qui dansent dans ses yeux me font mal. Je ne pensais pas être, un jour, la proie de sa rage.

— Je ne la saute pas. C'est arrivé une fois, c'est tout.

Note à moi-même : je ne suis pas certain que mentir au Diable soit une riche idée. Après tout, je ne mens pas… Je joue sur les mots. Et ça, mon meilleur pote le sait.

— Disons… que ce n'est arrivé qu'aujourd'hui.

— Pourquoi, Damian ? Tu trouves qu'il n'y a pas assez de succubes ou de putes ici-bas ? Ou tu t'es dit que tu voulais voir jusqu'à quel point notre amitié pouvait tenir ?

Ses mots me blessent. Serait-il vraiment capable de remettre en cause toute notre relation pour une seule erreur de jugement ?

Gabrielle

J'essaie de profiter de ma douche sans trop cogiter. Il fallait que Lucifer débarque au pire moment ! Je suis ici depuis tant de jours que j'ai cessé de les compter, j'ai parfois eu le mal du pays, mais c'est quand je cède enfin à Damian qu'il fait son come-back, le fameux Roi des Enfers. J'avoue que je me demande ce qu'ils peuvent bien se dire, dans le salon. J'essaie de me rassurer en me répétant qu'il n'y a pas de grands hurlements ni de grands fracas. Ils vont certainement mettre les choses au point…

Lorsque Lucifer a évoqué Elliot, j'ai paniqué. Parce que, inconsciemment, le fait d'être ici m'a permis de le mettre dans un coin de ma tête et ne plus y penser. Mais maintenant que Lucifer en a parlé, je me sens coupable. Est-ce que j'aurais dû en parler avec Damian ? Il faut dire que nous n'avons pas pris le temps de papoter… Je souris en songeant à l'après-midi de folie que nous venons de vivre. Même si ce n'était pas ma première fois, je dois avouer que je n'ai jamais connu ce que Damian m'a fait ressentir aujourd'hui. Mes joues s'empourprent lorsque je me remémore tout ce que nous avons pu expérimenter. Est-ce que le sexe avec un Démon est chaque fois aussi exaltant ? Sentant la chaleur m'envahir à nouveau, je finis rapidement de me rincer les cheveux et sors de la douche. *Ressaisis-toi, Gaby*, songé-je en me regardant dans le miroir embué. J'essuie la surface lisse et froide pour mieux voir mon reflet. Est-ce que j'ai toujours eu cette lueur dans les yeux ? Ce feu sur mes pommettes ? Je m'habille à la hâte pour retourner dans le salon. Mais mieux que la douche, le spectacle qui m'accueille dans la grande pièce à vivre a le don de calmer toutes mes ardeurs : Lucifer et Damian sont en train de se battre ! Mon frère a le genou sur le torse de son meilleur ami pour essayer de le maintenir au sol, tandis que le poing de Damian vient s'abattre sur le menton de son Roi. Le tout, au milieu d'une tempête de plumes noires et or. Parce que, la colère aidant, les deux hommes ont laissé libre cours à leur nature profonde et les deux paires d'ailes déployées font autant de dégâts au décor que n'en font les poings de leurs propriétaires. Passé le moment de stupeur devant leur attitude puérile, je me plante à deux pas d'eux et les mains sur les hanches, je me mets à leur hurler dessus :

— Non, mais ça va pas la tête ? Cessez vos gamineries !

Bien consciente du fait qu'ils sont incapables d'entendre raison, je soupire une fois de plus, agacée d'avoir à user de mes pouvoirs devant Damian. Je murmure trois mots en grec ancien avant de frapper un grand coup dans mes mains. Dans la seconde qui suit, mes deux gladiateurs amateurs se retrouvent propulsés à un mètre l'un de l'autre, sans ménagement. Le souffle court, les prunelles rouge sang et pleines de rage, Lucifer est le premier à m'enguirlander :

— Merde, Gabrielle, je t'ai dit tout à l'heure de ne pas utiliser tes pouvoirs ici ! C'est dangereux.

— Si vous ne vous comportiez pas comme des gamins, je n'aurais pas eu à le faire !

Mon regard se pose ensuite sur Damian, qui essuie le coin ensanglanté de sa lèvre du revers de la main. Devant mon air décidé, il cherche lui aussi une pauvre excuse :

— Il m'a gonflé. J'ai craqué, lâche-t-il en haussant les épaules.

À cet instant, je bénis toutes les mères d'adolescents masculins de la Terre. Je retiens un grognement de colère et me contente de leur demander le plus calmement possible :

— Mais vous vous êtes vus ? Et c'est deux grands abrutis comme vous qui font trembler les Sénateurs du Royaume Céleste ?

Je m'approche de Lucifer et pose ma main sur sa joue qui commence à bleuir. Je me sens mal d'être la cause de leur conflit. Je ne vois que rarement mon grand frère, et je ne m'attendais certainement pas à ce qu'il prenne les choses tant à cœur. Oh, il a toujours eu ce côté protecteur !

Mais j'imaginais que la distance lui aurait fait relâcher la pression. Je me souviens qu'il a eu la même réaction épidermique lorsqu'Elliot… Enfin bref. Je force son visage à rester tourné vers le mien et lui demande le plus doucement du monde :

— Est-ce que tu as confiance en moi ?

Sa colère semble retomber comme un soufflé. S'il y a une notion très importante pour lui, c'est la confiance. Il sait que je préfèrerais mourir plutôt que le trahir, et je sais qu'il en est de même pour lui. Alors, avec un air dépité, il finit par poser à son tour sa main sur ma joue, dans un geste fraternel qui n'appartient qu'à nous. Mon cœur se serre quand il me répond :

— Envers et contre tout, Gaby.

Ces quelques mots me réconfortent. Parce que c'est notre réplique, celle que nous utilisons pour nous jurer amour et fidélité, et ce, depuis que nous savons parler. Je sais à cet instant que, même blessé ou déconcerté par mon choix, il le respectera. Il lève les yeux vers Damian, qui n'a pas bougé durant notre échange : toujours au sol, le dos calé contre l'assise du canapé, il toise mon frère d'un air contrarié. Lorsque ce dernier le pointe du doigt, menaçant, il se contente de sourire. Un sourire en coin arrogant, énervant, mais terriblement sexy.

— Écoute bien, Damian. S'il lui arrive quoi que ce soit. *Quoi que ce soit*, tu m'entends ? Je t'étripe moi-même. Compris ?

— Eh, je ne l'ai pas violée non plus !

— Damian ! murmuré-je entre mes dents.

Lucifer dépose un dernier baiser sur mon front et disparaît, me laissant seule avec un Damian plus énervé que jamais.

Je soupire un grand coup, et entreprends de nettoyer les débris de verre éparpillés sur le tapis moelleux. J'en profite pour ramasser les plumes en maudissant intérieurement les hommes et leur fierté. Damian se lève et m'interpelle :

— Gabrielle.

Je continue à m'affairer, presque un peu gênée de me retrouver seule avec lui après tout ça. J'ignore totalement comment réagir et faire un brin de ménage m'apparaît comme une fuite en avant acceptable au vu des dégâts. Mais mon hôte ne l'entend pas de la même oreille. Il répète mon prénom, une deuxième fois, et voyant que je ne réponds pas, il baisse la voix pour me poser une question qui me fend le cœur :

— Tu regrettes, c'est ça ?

Je me fige, agenouillée sur le tapis, la main suspendue au-dessus de mon tas de verre brisé. Quand je lève les yeux, il n'est plus là. Me voilà seule, comme une idiote à ramasser les morceaux.

10.
Toi et moi, Démon…

Gabrielle

Les jours qui ont suivi ont été catastrophiques. Damian n'a fait que des apparitions éclair à l'appartement. Juste le temps de brailler des ordres dans son portable ou de hurler sur Haroun et il repartait. Plus d'une fois, je me suis promis de me confronter à lui dès qu'il reviendrait. Mais chaque fois le courage m'a fait défaut. J'ai fini par me résigner. Nous avons commis une lourde erreur lui et moi. Nous n'aurions pas dû céder à la tentation. Il le sait parfaitement et préfère m'éviter que m'infliger la honte d'avoir à le reconnaître à haute voix.

Les jours ont défilé lentement. Et maintenant que je suis plantée devant mon miroir pour examiner mon reflet, je réalise que malgré le temps, je ne suis toujours pas prête à passer à autre chose. Je veux qu'il me regarde à nouveau, c'est certain. Cette tenue, je l'ai choisie avec une idée derrière la tête. Sauf que là, je ne suis plus si certaine du bien-fondé de ma démarche. C'est une robe de style romain bien entendu, puisque c'est le thème de la soirée. Mais une soirée chez Damian, ce n'est pas une réception comme celle qu'on donne chez moi. J'ai donc opté pour une toge en voile blanche, asymétrique et plutôt courte, avec un drapé sur l'épaule gauche. Le tissu est très léger, et je ne dois ma décence qu'à la multiplication des couches de voilage. Osée, mais pas non plus obscène ! Une cordelette dorée ornée de feuilles assorties me ceint la taille. J'ai laissé mes boucles libres et pour une fois, j'ai forcé un peu sur le maquillage. J'aimerais savourer cette soirée aux antipodes des codes de mon royaume. Loin de chez moi, je veux profiter. *Si on me regarde, et bien soit ! Moi, ce que je souhaite, c'est que Damian me regarde*. Je ne supporte plus ce petit jeu de cache-cache qu'il m'impose depuis des jours. Je veux lui rappeler que je suis une adulte et que, sœur de Lucifer ou pas, j'ai le droit de choisir avec qui je couche.

Pour parfaire ma tenue, je lace mes spartiates et, dernière touche, je pose sur mon visage le loup en dentelle que Haroun m'a envoyé, accessoire indispensable selon lui. Je dois avouer que je suis assez déroutée par l'image que je croise dans le miroir. Je ne me suis jamais posé de questions sur mon apparence physique. Je suis comme je suis. Mais ce soir, je me surprends à aimer mon reflet, et ça me fait peur. N'est-ce pas de la vanité ? Pour me rassurer, je ferme les yeux et je peux presque entendre la voix grave de Gan : « Fais tes propres expériences ».

Quand je passe la porte de ma chambre et remonte le couloir, je dois avouer que j'ai envie d'offrir une médaille à Haroun. Au-delà d'avoir fait disparaître les meubles trop encombrants, il a accompli un travail merveilleux en matière de décoration. Des tentures sont dressées dans toute la pièce, lui conférant une atmosphère cosy. De grandes banquettes basses ont remplacé le mobilier ; couvertes de coussins rouges, noirs, or, elles ne laissent pas beaucoup de mystère sur les activités qu'elles sont destinées à accueillir. *Que veux-tu, Gabrielle… Une soirée démoniaque, forcément, ce sera une orgie dans moins d'une heure !*

Telle une enfant timide, je me faufile à travers les invités déjà nombreux pour me planter dans un recoin. J'essaie de me fondre dans la foule, et je me maudis pour mon choix de robe. *Blanc, sérieusement, Gaby ?* Heureusement que j'ai écouté le Nephel et que j'ai mon masque. C'est bien la seule chose que j'ai en commun avec tous ces êtres magnifiques, vêtus en noir ou en rouge.

C'est la première fois que je rencontre autant de monde vivant aux Enfers. Bien entendu, je reconnais quelques têtes célèbres — même chez moi —, mais la plupart sont de parfaits étrangers. Hommes et femmes sont tirés à quatre épingles et d'une politesse sans égale, Dieu merci. Tout pour m'aider à me détendre. Ce qui m'interpelle, c'est que personne ne paraît s'offusquer de l'absence de leur hôte pour les accueillir. J'ai beau parcourir la foule qui continue de s'amasser, et tendre le cou, je ne vois pas Damian. Est-ce que les us et coutumes sont si différents ici, que le Maître des lieux ne daigne pas accueillir lui-même ses invités ? Même Lucifer ne semble pas être présent. Malgré notre dernière dispute, j'aurais aimé avoir un visage connu pour me rassurer… Au moment où cette pensée me traverse l'esprit, la main frêle d'Haroun me tend une coupe, me faisant presque sursauter :

— Vous êtes magnifique !

Cet homme est la discrétion incarnée ! Le voilà à mes côtés, tout sourire. Haroun est ma seule constante dans le chaos qu'est devenue ma vie, ici. Même ce soir, il porte son sempiternel jean noir et son t-shirt un peu trop large. Mais en voyant que son maillot est blanc, assorti à ma robe, j'ai envie de l'enlacer pour le remercier. Pourtant, je sais qu'il déteste tout contact trop rapproché et je ne souhaite pas le mettre mal à l'aise en public. J'essaie de le remercier en lui adressant mon plus beau sourire. Sourire qui cache en vérité les larmes qui menacent de poindre au coin de mes yeux. C'est parfaitement stupide, je me rends compte que je n'ai rien à faire ici. Qu'est-ce que je croyais ? Que je pouvais m'adapter à un monde totalement opposé au mien en seulement quelques semaines ? J'essaie de faire bonne figure depuis le début, refusant de montrer l'angoisse qui me ronge. Damian et les autres vont finir par s'apercevoir que je ne suis pas à la hauteur. J'aurais dû rester chez moi. Étudier encore plus pour espérer me débrouiller seule dans ce monde si… *Je ne trouve même pas les mots, tiens !* Ce qui fait basculer mon moral et couler une première larme, c'est l'air compatissant d'Haroun, lorsqu'il penche un peu la tête sur le côté pour me souffler :

— Vous êtes trop bien pour ce monde, Gabrielle. Ne les laissez pas vous marcher dessus.

Alors que j'ouvre la bouche pour lui répondre, il disparaît dans une volute de fumée argentée. Et là où se trouvait il y a quelques secondes encore un petit geek attendrissant se tient maintenant l'objet de tous mes fantasmes. Damian, moulé dans une tenue de gladiateur en cuir qui ne laisse que peu de place à l'imagination. Sur son épaule droite, une sorte de galerus retenu par une lanière de cuir traversant son torse nu. Je m'interdis de laisser mes yeux s'aventurer plus bas. Sa seule présence à moins d'un mètre de moi met le feu à mon estomac. Malgré son masque en cuir foncé, je reconnaîtrais ce profil entre mille. Je tente de cacher mon émoi en buvant une gorgée plus longue que voulu et m'esquive parmi la foule, peu désireuse de passer pour une groupie.

Me voilà donc planquée à l'autre bout de la pièce, appuyée contre le bar. *Eh merde* ! Je pose mon verre vide pour l'échanger contre un plein. Après tout, on ne vit qu'une fois ! Je glousse seule devant ma réflexion, lorsqu'une voix grave me fait sursauter :

— Si votre cocktail est plus drôle que le mien, je demande réparation !

L'homme à mes côtés me lance un sourire taquin. Il fait bien une tête de plus que moi, des cheveux hirsutes d'une belle couleur feu et un regard hypnotisant. Appuyé négligemment contre le bar, il pose ses yeux sur les mains qui triturent le pied de mon verre. À l'instar des autres convives, il porte une toge d'inspiration romaine qui ne rend pas hommage à sa carrure imposante. Je ne sais pas si c'est son sourire ou les boissons que j'ai descendues, mais il m'apparaît comme sympathique. *Pourquoi Damian ne sourit pas un peu plus, comme ce type ?*

— Excusez-moi, vous sembliez beaucoup plus hilare quand vous étiez perdue dans vos pensées.

Il se touche le front, mimant le geste de soulever son chapeau en s'inclinant légèrement. Je me sens gênée lorsqu'il fait mine de s'éloigner. Je pose mon verre et l'attrape par le bras pour l'empêcher de partir :

— Non, c'est moi qui suis désolée. Je suis stressée et… Enfin bref. Je m'appelle Gabrielle.

L'inconnu hausse les épaules sans se départir de son sourire. Puis, il me tend la main et se présente à son tour.

— Patrick. Ouais, l'Irlandais.

Je me mets à rire devant sa mine presque déconfite. Il m'explique rapidement qu'il est un semi-Saint. Pas vraiment reconnu par ses pairs, mais adulé dans plusieurs régions de la Terre.

— Tu vois, ma p'tite, l'avantage… C'est que je peux prendre le meilleur des deux Royaumes.

Il hèle le barman, qui nous sert une autre tournée de cocktails. Je perds toute notion du temps en discutant avec Patrick. Il est drôle, pas prise de tête pour deux sous. J'en arrive même à faire abstraction des couples autour de nous qui commencent clairement à s'échauffer au rythme des musiques lascives et de l'alcool qui coule à flots. Et pour la première fois depuis des semaines, je ne pense plus à Damian. Je ris et surtout, j'apprends beaucoup de mon nouvel ami, qui semble en effet bien connaître les Enfers autant que le Royaume Céleste. Sans que je m'en rende compte, la conversation dévie sur moi.

— Mais toi, qu'est-ce que tu fais ici, petite Gabrielle ? J'espère que ton paternel sait que tu es là ? Sinon, il risque de faire une sacrée crise !

Que puis-je répondre ? Il m'adresse un clin d'œil en me voyant ouvrir et fermer la bouche à plusieurs reprises.

— Ne t'inquiète pas, ton secret est bien gardé avec moi. Je connais assez ton père pour savoir que ton identité ne doit pas être révélée à tous ces démons.

Il se redresse tout à fait et s'exclame.

— Oh, si on dansait ? Je me souviens que tu aimais beaucoup la danse, gamine !

Lorsqu'il claque des doigts, un air plus entraînant de violon envahit la pièce. Avant que j'aie le temps de protester, il m'attrape par la main et me tire au centre de la foule des invités. Grisée par la musique et les innombrables boissons qui me réchauffent l'estomac, je me laisse embarquer par Patrick dans une folle danse aux accents irlandais. *Mes Aïeux ! Comme cela m'avait manqué de danser !* Je tourne et virevolte sans me soucier des gens autour. Mais soudainement, une grande main se pose sur ma taille et je me retrouve plaquée contre un mur de muscles. La musique résonne toujours dans la pièce, mais mon souffle se coupe quand mes yeux se plantent dans les iris azur de mon hôte.

Je suis incapable d'interpréter le regard qu'il pose sur moi. Je n'ai pas le temps d'y réfléchir qu'il me saisit la main, abandonne ma coupe sur le plateau d'un damné passant par là et m'attire à travers la foule. Au moment d'emprunter le couloir menant à nos chambres, il se retourne et annonce d'une voix de stentor, faisant tourner toutes les têtes :

— Chers amis, je vous quitte quelques instants. J'ai choisi ma favorite pour la soirée !

Il ponctue sa tirade par un baise-main.

J'imagine que je dois être plus rouge que la toge de Bacchus[9] qui, le premier, lève sa coupe en nous souhaitant bien du plaisir en riant. Puis la foule reprend son babillage, ignorant ma gêne.

[9] Dieu romain du vin.

Damian

Elle trottine derrière moi sans dire un mot, mais je sais qu'elle m'en veut de l'avoir ainsi revendiquée. Lorsque je l'ai vue, blanche colombe au milieu de notre foule de dépravés, mon cerveau est parti en vrille. Je devrais lui hurler dessus pour avoir choisi cette couleur de robe. Puis-je réellement lui en vouloir ? Elle ne fait qu'agir avec ses pauvres armes… Gabrielle ne connaît que son joli petit Royaume, après tout… Dès demain, je songerai à remercier Haroun pour avoir envoûté le vin. Nos invités n'ont même pas relevé sa présence, bien trop embrumés par l'absinthe dont mon assistant a le secret.

Mais pour être totalement honnête, je dois dire que j'ai été tenté par le breuvage, moi aussi. Parce que la simple vue de Paillettes m'a donné des sueurs froides. Moi qui essaie de la jouer soft et de l'ignorer depuis des jours entiers, j'ai ruiné toutes mes bonnes résolutions en moins de temps qu'il n'en faut pour dire damnation lorsque je l'ai vue se tortiller aux côtés de ce fou d'Irlandais. *Est-ce qu'elle cherche à me rendre dingue ?* Pourtant, elle sait parfaitement que nous devons garder nos distances. Mon altercation avec Lucifer m'a profondément blessé. Oh, je ne parle pas des semblants d'hématomes qui ont disparu aussi vite qu'ils sont apparus. Non, je parle du sentiment de l'avoir trahi. Moi qui ai toujours été à ses côtés, le voir me repousser ainsi m'a causé la douleur la plus vive que j'aie jamais connue. Alors, j'ai voulu être loyal. J'ai évité sa sœur. Je l'ai ignorée, j'ai traîné des heures durant dans le bar de Zemus pour ne pas la croiser. J'ai même passé une nuit chez les jumelles succubes. Mais impossible de me sortir la jolie blonde de la tête. Ainsi, ce soir, en voyant ses longues jambes lacées de cuir et, pire, son derrière remuer au son du violon et des cornemuses, j'ai perdu la tête.

Je la traîne jusqu'à sa chambre, et scelle la porte derrière nous d'un claquement de doigts, nous garantissant une tranquillité et une discrétion nécessaires pour ce que j'ai en tête. Pourtant, quand je me tourne vers elle, je ne peux retenir une grimace. Gabrielle est droite comme un i, les bras croisés et le regard noir.

— J'espère que tu as une bonne explication à tout ce cinéma, Damian. Pour une fois que je m'amusais.

L'heure n'est pas aux explications, jolie Gaby. Franchissant les deux ou trois pas qui nous séparent, je pose ma main sur sa nuque et m'empare de ses lèvres. Je m'attendais à ce qu'elle soit contrariée, voire un brin récalcitrante. Au contraire, sa bouche répond à mon baiser fiévreux et bientôt, nos langues entament un délicieux ballet.

Bordel, qui aurait cru il y a de cela quelques semaines que je me satisferais des simples baisers d'un Ange tombé du ciel ? Mais le fait est que je sens déjà le sang affluer dans la partie la plus précieuse de mon anatomie. Cette fille me rend dingue. Alors, lorsqu'elle s'arrache de mes lèvres pour dégrafer mon galerus, je perds tout sens commun. Oublié Luc' et ces conneries de bonnes résolutions ! Avec empressement, nous enlevons le peu de vêtements que nous portons et finissons allongés sur son lit. En appui au-dessus d'elle, je prends quelques secondes pour sonder son regard, à la recherche d'une quelconque hésitation. Mais tout ce que je trouve, c'est un désir aussi ardent que le mien. Et lorsqu'elle enroule ses jambes pour m'attirer en elle, je ne tergiverse pas. Un seul mouvement de bassin et me voilà au paradis. Je sais pourquoi je n'ai pas pu me résoudre à céder aux avances des jumelles… Je ne pourrais jamais ressentir avec une autre ce que je ressens avec Gabrielle. Alors que j'aimerais être tendre, ma belle décide de s'amuser un peu avec mes nerfs en me susurrant :

— Plus fort, s'il te plaît…

Je vous jure que cette fille essaie de me tuer.

11.
Toutes les bonnes choses ont une fin

Gabrielle

Ce qui devait être une longue punition se transforme en une sorte de lune de miel. J'ai l'impression de me laisser emporter par un tourbillon d'émotions, grisée par cette nouvelle vie avec Damian. Tout va trop vite. Mais je suis incapable d'y mettre un frein.

Moi qui ai toujours pris mes décisions avec sagesse et qui me targuais d'être une personne raisonnable, je me retrouve embarquée dans une folle aventure. J'avais tenté de tout planifier, or je n'avais pas prévu de tomber sur Damian. Pourtant, lorsque j'y pense, je crois que tout était fichu à la seconde où il a posé les yeux sur moi. Nous avons joué au chat et à la souris. Nous avons résisté. Mais mince, comme ma vie est merveilleuse depuis que nous avons choisi de tout envoyer valser pour profiter ! Que ce soit chez lui ou en mission, nous faisons ce que bon nous semble. Alors, parfois, j'étudie ici avec Haroun, et d'autres fois, j'accompagne mon Démon. Même si son job reste un sujet délicat, il a tout de même la décence de ne pas m'entraîner sur un terrain trop glissant. Il se contente de me taquiner en m'emmenant m'asseoir à côté d'une auteure rougissante, par exemple. Et pendant qu'il lui suggère des scènes toujours plus torrides, il me fixe et s'amuse de me voir aussi gênée et excitée que ladite auteure.

Notre seule limite ? Lucifer. Quand le Roi des Enfers est dans les parages, nous essayons de nous montrer raisonnables. Oh, mon cher frangin n'ignore rien de notre badinage ! Mais je sais qu'il a du mal à accepter cette relation étrange et hors normes. Puisqu'il a la bonté de ne pas me renvoyer manu militari d'où je viens et de fermer les yeux, nous tentons de ne pas mettre sa patience à rude épreuve.

J'aurais pu rester ainsi pendant des années, sans jamais me lasser. Chaque mois qui passe, je perfectionne mes connaissances des deux Royaumes, je travaille sur mes aptitudes magiques… Et surtout, je peux faire comme si mon autre vie n'existait pas. Je refuse de penser au jour où je remonterai chez moi. Les responsabilités, l'engagement… On verra plus tard !

Mais ça, malheureusement, c'est sans compter sur le Destin. Parce que ce matin, le voici en marche et rien que pour ça, j'ai envie d'aller trouver les Parques[10] pour leur dire deux mots. En voyant la jolie blonde debout dans ma cuisine alors que je reviens du monde humain, mes doigts entrelacés à ceux de Damian, mon cœur cesse de battre. Je lâche la main de mon Démon pour la porter à ma gorge. Tandis que je sens Damian se crisper à la vue d'une inconnue dans son antre, j'essaie de paraître légère :

— Iris[11], mais… Qu'est-ce que tu fais là ?

Je trottine jusqu'à la beauté qui m'ouvre ses bras frêles. Elle m'enlace, et je me sens apaisée rien qu'en reniflant son odeur fleurie. Après une longue étreinte, mon amie se recule, sans ôter ses mains de mes épaules.

— Oh, Gaby chérie, ça va ? Tu vas bien ? Jamais je n'aurais imaginé que tu puisses survivre chez ces…

Elle lance un regard à Damian et reprend :

---

[10] Divinités romaines, maîtresses de la destinée des Hommes.
[11] Divinité grecque, messagère des Dieux.

— Enfin bref. Je suis venue à la demande de ton père.

Je suis plutôt surprise. Je n'ai pas eu de nouvelles de mes parents depuis que je suis descendue. J'aurais imaginé qu'ils m'auraient appelée ou qu'ils seraient passés par Lucifer. Mais non, mon père a choisi de m'envoyer Iris, la fille d'Héra[12]. Accessoirement, la sœur jumelle d'Elliot. Grande, élancée, les hanches fines, elle ferait pâlir d'envie n'importe quelle femme, d'un Royaume ou l'autre. Je lance un regard en coin à Damian, qui reste à l'écart, les mains dans les poches et le dos droit. Est-ce que lui aussi a remarqué la beauté d'Iris ? Cette dernière, en tout cas, ne prête absolument pas son attention à mon Démon et sort une enveloppe de sa besace en cuir. J'ai un temps d'hésitation lorsqu'elle me la tend avec un grand sourire.

— Je ne suis que la Messagère, Gaby, mais ça sent le billet de retour !

Une fois le sésame entre mes mains, elle m'enlace une dernière fois en me promettant d'être là lorsque je remonterai. Elle adresse ensuite un petit signe de la main à Damian et disparaît dans un arc-en-ciel brumeux.

Je reste figée sur place, louchant sur l'enveloppe ocre. J'ai du mal à réaliser. Après toutes ces années ici... J'étais persuadée de purger ma peine dans son entièreté. Clairement, je ne peux pas nier que le fait de roucouler

---

[12] Déesse grecque du mariage et de la fécondité.

avec le meilleur ami de mon frère rend la chose beaucoup plus facile à vivre. Mais maintenant ? Si on me donne vraiment le droit de rentrer chez moi ? Je réalise que je pleure lorsqu'une grosse goutte vient s'écraser sur le papier immaculé. J'essuie du revers de la main ces larmes inappropriées quand les paumes de Damian se glissent sur mon ventre. Collé contre mon dos, il me souffle à l'oreille d'une voix chaude :

— Ouvre-la.

J'hésite. Au fond de moi, j'ai cette petite pointe au cœur. Celle qui me dit que la parenthèse dorée est terminée. Il va falloir remonter, retrouver mes responsabilités… Et mes engagements.

— Tu veux que je te laisse ?

Je secoue la tête énergiquement en me lovant un peu plus entre ses bras. Enfin, je prends sur moi et ouvre l'enveloppe. Je m'attendais à une missive bien pompeuse, officielle, mais je renifle, émue de reconnaître l'écriture manuelle de mon père.

Ma chère Gabrielle,

Ta mère et moi prenons enfin la plume pour te faire part de notre tristesse de ne pas avoir de tes nouvelles.

Je sais que cette peine doit te sembler bien longue, mais elle est à la hauteur de la faute. Et tu conviendras que c'est ton esprit de contradiction qui t'a conduite à cette punition. J'ose espérer que, fidèle à toi-même, tu mets à profit ton temps chez ton frère pour parfaire ta formation.

Pour autant, je sais me montrer magnanime et t'accorde donc une grâce partielle. En effet, tu sais que c'est bientôt l'anniversaire de ton cousin. Ta mère aimerait vraiment t'avoir à nos côtés pour cette occasion. Tu as raté les dernières fêtes familiales. Mais Valentin tient énormément à ta présence cette année.

Quand tu remonteras, nous discuterons sérieusement de ton attitude, jeune fille.

Appelle-nous.

Tes parents qui t'aiment.

Je relis plusieurs fois le texte, et la colère monte peu à peu. Mon esprit de contradiction ? Mon erreur ? MON ATTITUDE ? Je finis par lancer la lettre sur l'îlot de cuisine en soupirant. Je suis déjà passablement énervée, mais lorsque j'entends Damian rire derrière moi, c'en est trop. Je me retourne en le fusillant du regard :

— Je peux savoir ce qui te fait rire ?

Il dépose un baiser sur le bout de mon nez.

— Rien. Tu n'es absolument pas têtue ou colérique, petit Ange à paillettes.

D'un côté, je suis rassurée de le voir rire. Mais est-ce qu'il réalise ce que cela signifie ? Si je pars, il n'y a plus de nous. Je crois que c'est presque plus cela qui me met en rogne que les reproches de mon père.

Damian

Ma blondinette est une teigneuse, quand elle s'y met. Merde, si on m'avait dit que les Anges avaient du caractère, j'aurais tenté d'en séduire une ou deux en mission ! J'avoue que je suis soulagé de la voir en colère. Parce que cette lettre a été comme un coup de massue. *Qu'est-ce que tu croyais, Damian, qu'elle resterait à tes côtés pour l'éternité ?*

Je dois me rendre à l'évidence. Ce qui n'a commencé que comme une tocade, un jeu torride destiné à faire passer le temps s'est transformé en… je ne sais même pas en quoi, d'ailleurs. Tout ce que je sais, c'est que je ne suis pas prêt à ce que ça s'arrête.

12.
Ne me quitte pas

Damian

Je reste comme un con à fixer les petites rugosités du bois sans me décider. Je suis devant cette putain de porte depuis bientôt cinq minutes, incapable de choisir de frapper ou non. Il y a quelque temps, j'aurais poussé le battant sans même y songer, faisant irruption chez mon meilleur pote. Aujourd'hui, c'est mon Roi que je viens trouver. Problème… Les deux statuts pour une seule et même personne, ça fait beaucoup. Finalement, je prends mon courage à deux mains et frappe. La voix puissante de Lucifer m'invite à entrer et je m'exécute en retenant mon souffle.

Assis sur son trône, l'index contre la bouche, il me fixe avec un regard noir. Merde, je n'ai encore rien dit ! Pourquoi est-il énervé avant même de savoir ce que je lui veux ? Je m'avance avec fierté, peu désireux de le laisser m'atteindre. J'ai déjà le cerveau en vrac, je ne peux pas me permettre de perdre la face devant Lucifer. Arrivé à quelques mètres du trône, je ploie le genou, comme le veut la coutume. Mais un grognement me fait relever la tête presque aussitôt.

— Bordel, ce que tu peux être con par moments, Damian.

Il descend de son estrade et se plante devant moi, jambes écartées et bras croisés. Je me relève, peu sûr de l'attitude à adopter. Il m'adresse un signe de la tête et je le suis sans un mot jusqu'à son bureau attenant à la salle du trône. Un endroit beaucoup plus cosy : des murs couverts de livres, une cheminée où un feu crépite, trois-cent-soixante-cinq jours par an.

Lucifer aime le feu, ses bruits, ses couleurs. Alors, il n'est pas rare de le voir planté devant sa cheminée, admirant les nuances chatoyantes qui ont le don de le calmer instantanément. Il se laisse tomber dans le fauteuil immense derrière un bureau en bois non moins imposant et je m'installe face à lui. Je dois avouer que me retrouver ici me soulage. Nous avons l'habitude de passer des heures dans ce bureau. C'est notre havre de paix, loin du protocole. S'il ne vient pas chez moi, c'est moi qui le rejoins dans son palais. Il me semble même que je suis le seul Démon à avoir le privilège de connaître son espace privé.

Lucifer tape ses phalanges sur le bois brut et deux verres de scotch apparaissent, nous arrachant un sourire chacun. Les bonnes habitudes ont la vie dure ! Je me cale dans mon fauteuil, rassuré de voir qu'il se détend également. Néanmoins, je ne suis pas certain de savoir comment entamer la conversation. Contre toute attente, c'est mon ami qui ouvre le bal, en mettant immédiatement le doigt sur le nœud du problème.

— Alors, elle s'en va ?

Je retiens mon bras, incapable de lever le verre. Mon attitude figée trahit exactement mon ressenti. *Merde, Damian, prends au moins l'air cool ! T'as l'air d'un abruti !* Je porte donc le liquide ambré à mes lèvres, cherchant une réponse neutre. Mais je ne trouve rien de plus intelligent à dire qu'un bref *Ouais*, en claquant mon verre sur le bureau.

Lucifer me scrute, un sourire aux lèvres. J'ai beau l'aimer comme un frère, je sens la colère s'insinuer dans mon estomac. Je dois pourtant garder mon calme, me rappelant que nos relations sont déjà assez fragiles. Pas besoin de nous taper encore sur la tronche, ça ne ferait qu'empirer les choses.

— Damian… soupire-t-il. Je t'avais prévenu, il me semble. Ça ne pouvait pas durer. Elle ne peut pas rester ici éternellement.

— Et pourquoi pas ?

Je suis le premier surpris de mon empressement. Après tout, oui, pourquoi devrait-elle repartir ? Elle semble s'être adaptée ! OK, je ne suis pas parfait. Mais je peux continuer de faire des efforts. J'ai arrêté de torturer à tour de bras. Je ne laisse plus traîner mes affaires, je suis sympa avec Haroun. Et le principal ? Je suis le mec le plus fidèle que les Enfers aient connu. Arf, ça, c'est facile. Qui voudrait aller voir ailleurs, quand j'ai la femme la plus extraordinaire qui m'attend tous les soirs dans mon lit ? Mauvais plan, à cette simple évocation de mon bel Ange, nue et lascive, je sens les prémices d'une érection que j'ai bien du mal à faire disparaître.

Lucifer pousse un nouveau soupir. Faisant tourner le liquide dans son verre d'un air absent, il me demande :

— Qu'est-ce que tu sais de ma sœur et de sa vie là-haut, au juste ?

Devant mon haussement d'épaules, il rit doucement.

— Maline, la frangine. J'imaginais qu'après avoir cédé, elle t'aurait raconté… Or, je ne suis pas certain qu'il m'appartienne de te livrer ses secrets.

— Des secrets ?

— C'est un bien grand mot. Disons que je suis surpris qu'elle ne t'ait pas parlé de son job ou de…

Je me penche en avant, appuyant mes coudes sur mes genoux. Il est vrai que même si nous parlons de tout et de rien, jamais elle n'a abordé sa vie d'avant. Je ne sais pas grand-chose. Peut-être que j'aurais dû me montrer plus insistant ? Est-ce qu'elle croit que ça ne m'intéresse pas ?

— Non, je sais juste qu'elle a eu une dispute avec Pandore.

Cette fois-ci, c'est un rire franc qui résonne dans le petit bureau.

— Ah là, là, mes sœurs sont terribles, je te jure. Je ne me souviens pas d'une fois où elles ne se sont pas chamaillées. J'aime mes deux sœurs plus que ma propre existence, mais elles sont parfois dures à supporter lorsqu'elles se disputent. Pandore est… Comment dire ?

Chipie. Et tellement tête en l'air. Elle a laissé traîner une de ses boîtes chéries et Gaby, avec toute la fougue qui la caractérise, est entrée au mauvais moment et a renversé le guéridon. La boîte est tombée…

— Et les humains sont confinés. Ouais, je sais. Ça fait nos affaires, cette histoire.

— Notre père était en colère, mais Gabrielle l'était plus encore. Elle refuse qu'on dise que c'est sa faute. Selon elle, Pandore n'a qu'à mieux ranger ses fichues boîtes. Elle n'a pas tout à fait tort, soit dit en passant. Mais mon père aurait souhaité qu'elle soit plus… pondérée. Après tout, si elle devient Sénateur un jour…

Wow ! Sénateur ? Rien que ça ? Devant mon air hébété, Lucifer fronce le nez, visiblement ennuyé.

— Eh oui, mon pote. Gabrielle, la petite dernière, pourrait un jour se retrouver à la tête d'une contrée. Ce qui veut dire avoir sa propre religion et ses fidèles parmi les humains. Elle en a les capacités, elle possède des pouvoirs inimaginables et elle étudie depuis des siècles pour ça. Il ne lui reste pas beaucoup d'étapes à franchir. Elle est à l'origine de beaucoup de bouleversements chez nos petits humains. Elle aide les femmes à se libérer, à prendre la parole, ainsi qu'à prendre soin de l'environnement. Elle a même failli réussir à mettre une femme à la tête de la première puissance mondiale ! Bon sang, on a dû supporter son caractère exécrable pendant des jours quand elle a échoué. Elle ne digère toujours pas sa défaite.

Plus Lucifer parle, plus je comprends que je ne sais rien sur Gaby. Je ne connais d'elle que cette partie coquine, tendre. Mais est-ce suffisant pour la retenir ? Et d'ailleurs, ai-je le droit de la retenir ?

Sonné par toutes ces révélations sur les aspirations de Gabrielle, je passe mes mains sur mon visage. Non je ne rêve pas. Je ne suis pas tombé loin le premier jour, en l'appelant Princesse Paillettes. Un jour, cette fille sera peut-être un de nos principaux rivaux. *Fait chier*. En même temps, qui suis-je pour la priver d'un avenir glorieux ? Mais mince, ça va être un crève-cœur de la laisser partir.

Tout à coup, Lucifer frappe du plat des mains sur le plateau en bois et se lève. Il sort son portable de la poche intérieure de sa veste en faisant le tour du bureau. Il pose ses fesses contre le meuble, face à moi et, avec un clin d'œil, compose un numéro. J'ai du mal à saisir où il veut en venir quand, haut-parleur branché, j'entends une voix caverneuse le saluer :

— Bonjour, Lucifer.

— Salut, P'pa !

Mince, je serais toujours sidéré de voir avec quelle légèreté il gratifie son père, un des Sénateurs les plus importants, d'un bonjour aussi peu conventionnel.

— Dis, tu te ramollis ? Nan, parce que Gaby m'a dit que tu lui avais cédé ?

Je devrais peu me formaliser de voir le Roi des Enfers mentir éhontément à son paternel. Or, je ne comprends surtout pas pourquoi il le fait.

— Eh, peut-être qu'à ce rythme-là, on va pouvoir fusionner nos Royaumes !

Son interlocuteur pousse un soupir.

— Lucifer… Toujours aussi caustique. Je n'ai pas *cédé* à ta sœur. Elle me manque, c'est tout. Tout comme je souhaiterais te voir plus souvent.

Un silence gêné s'installe entre les deux hommes. Je connais assez Lucifer pour savoir qu'il aime aussi sa famille. Il est juste… différent d'eux. Mais la différence n'empêche pas les sentiments, si ? *Merde, Damian ! Tu t'entends ? Tu parles d'AMOUR, bordel !*

— Je voudrais qu'elle vienne passer les fêtes de fin d'année avec nous. Et qu'elle soit là pour l'anniversaire de Valentin. Est-ce trop demander ? reprend le Sénateur à voix basse.

— Non, j'imagine que c'est légitime. Mais tu sais comment est Gaby… Elle s'est lancée dans un boulot assez important ici et je ne sais pas si elle va accepter de lâcher sa mission comme ça. À moins…

Lucifer feint de réfléchir.

Le cliquetis de ses ongles semble jouer un morceau de musique endiablée sur le bois du bureau, dans un staccato assez désagréable. Puis au bout de quelques secondes interminables, il s'écrit :

— Eh, je sais ! Elle pourrait très bien amener du boulot avec elle.

Je me décompose quand je comprends où il veut en venir. Mine de rien, il est en train de faire accepter à son père que je sois dans les bagages de sa fille chérie ! Malgré mes grands gestes, il continue.

— Parce que tu sais, elle a réussi des tours de force, ici. Elle a changé pas mal de choses. Je ne suis pas certain d'adhérer à tous ces bouleversements, mais ça… c'est notre Gaby, hein !

J'entends son père rire à l'autre bout du fil.

— Si Gabrielle arrive à changer même les Enfers, que puis-je te dire, mon fils ? En tout cas, quelles que soient ses conditions, j'espère qu'elle acceptera de venir passer quelques semaines ici. Avant de finir son temps chez toi… Ou pas.

Nous y voilà.

Il admet donc céder et être prêt à lever la sentence. Tandis que Lucifer termine sa conversation, je tourne les infos dans ma tête. Un vrai maelstrom d'émotions et de données. Elle va remonter. Retrouver son confort et ses proches. *Elle m'oubliera.* Alors, quand Lucifer me tend sa main, je la serre avec reconnaissance.

— Prêt à passer un mois chez les Coincés ? demande-t-il avec un immense sourire.

Quoi ?!

Gabrielle

Je déteste l'atmosphère qui règne entre Damian et moi depuis la visite d'Iris. Je n'ai toujours pas accepté l'invitation de mes parents, mais lui comme moi savons parfaitement que je suis incapable de refuser. Les deux jours qui viennent de passer ont été différents. Damian s'est renfermé. Il ne sort plus, ignore des missions qui, pourtant, lui donnent habituellement le sourire. Nous sommes restés chez nous, la plupart du temps au lit. *Oh... Une seconde, Gaby. T'as bien dit* chez nous *? Mince.* Je dois me reprendre. Ce n'est pas chez moi, ici. J'ai une maison et une famille qui m'attendent. Je lis la lettre de mon père pour la dixième fois en deux jours. Damian s'est absenté sans dire un mot, me laissant seule. J'en profite donc pour tenter de remettre de l'ordre dans mes idées. Si je rentre pour les fêtes Saturnales, puis-je espérer voir ma peine raccourcie ? Et si c'était le cas… Serais-je prête à quitter ma nouvelle vie ? Laisser Lucifer que je vois beaucoup plus souvent qu'au Royaume, Haroun qui est devenu un ami et… Damian ? Lorsque je songe à mon départ, c'est à lui que je pense en premier. Comme chaque fois que je tente de mettre des mots sur ce que nous partageons, les papillons dans mon estomac s'éveillent. On s'amuse bien ensemble, mais au-delà de ça ? Est-ce que je représente plus qu'un amusement pour ce Démon qui peut avoir n'importe quelle fille, dans ce Royaume ou dans un autre ? Parce que, soyons honnêtes : c'est l'homme le plus sexy de la Création, qui ne vit que pour le plaisir des sens, sans se soucier du lendemain. Il ne me demande aucun engagement, vit au jour le jour en se fichant des conventions. N'est-ce pas la relation rêvée ? Sans prise de tête ? Pourtant, une petite voix rabat-joie me rappelle les promesses d'Elliot et tout ce qu'elles apportent. *C'est ça, je dois me concentrer sur Elliot. Quand je remonterai, je pourrais le retrouver et discuter de tout ça avec lui*. Enfin, peut-être pas de *tout,* non plus !

Alors que mes joues rosissent aux souvenirs que je m'interdis de mentionner devant mon meilleur ami, j'entends le bruit sourd de chaussures qu'on balance dans un coin. Avec un sourire, j'imagine sans peine Damian se matérialiser dans l'entrée et abandonner ses boots sans même y songer. Les habitudes ont la vie dure. Je délaisse mon plaid et mes pensées moroses pour aller retrouver mon démon. Les papillons redoublent d'intensité en voyant l'objet de mes fantasmes s'avancer vers moi, une lueur nouvelle dans le regard. Sans un mot, il pose sa main sur ma nuque et m'attire contre lui, pour m'embrasser tendrement. Je ferme les yeux, savourant sa chaleur et sa douceur. Agrippant son t-shirt, je me fais plus pressante et le ballet de nos langues fait monter la température en quelques secondes. Je laisse mes mains vagabonder sous le tissu, suis des doigts les contours de ses abdos que je connais par cœur et ce simple contact suffit à me faire oublier toutes ces questions sans importance. Damian se saisit d'une poignée de mes cheveux et tire légèrement pour relever ma tête et me forcer à plonger mon regard dans le sien.

— Regarde-moi, Gabrielle.

Cet homme a le don de me rendre docile. Je réponds à chacun de ses ordres sans même y réfléchir. Lorsqu'il me fixe ainsi, j'ai l'impression d'être un agneau destiné à l'abattoir. Sauf que je me jette sous le couperet avec délice.

À l'instant où nos iris s'accrochent, je sais pourquoi je n'ai pas encore répondu à mon père. Il m'a envoûtée. Je suis devenue totalement accro à ses yeux, son corps et tous ses petits défauts. Je crois que je suis en train de tomber amoureuse de lui.

Alors, même si c'est fou, même si je sais qu'il ne sera jamais capable de me donner ce que je veux, je refuse de laisser tomber. Je veux profiter du temps qui nous est imparti, sans me retourner le cerveau.

Joueuse, je glisse ma main entre nous pour trouver la boucle de sa ceinture. Avec un sourire en coin, il fixe mes lèvres d'un air gourmand :

— Dis, Paillettes… Une envie soudaine ?

— Pas si soudaine que ça, tu es parti depuis des heures.

Ma réponse se veut beaucoup plus amère que ce que j'imaginais. Damian se met à rire franchement.

— Eh ben, ça va être drôle quand tu vas être chez toi. Tu vas faire comment, chez les Coincés ?

Je détache les boutons de son pantalon et glisse ma main dans son boxer. Il inspire légèrement, aussi réactif à mon contact que je le suis à sa simple présence. Sur la pointe des pieds, je dépose une pluie de baisers sur sa mâchoire tout en coulissant ma paume le long de son sexe.

— Pour le moment, je ne suis pas là-haut. Je suis là, avec toi.

— Plus pour très longtemps.

Sa phrase claque dans l'air, suivie d'un silence lourd. Je repose mes pieds à plat sur le sol et cherche à lire sur son visage ce qu'il sous-entend. Damian me repousse doucement, rattache sa boucle de pantalon et s'éloigne après m'avoir déposé un baiser sur le front.

— Fais tes bagages, Paillettes.

Après une seconde d'hébétude, je le suis dans la partie nuit de l'appartement. Il entre dans sa chambre et enlève son t-shirt qu'il jette négligemment sur le lit et se dirige vers son dressing.

— Tu peux m'expliquer ? Faire mes bagages pour ?

Sa voix me parvient depuis l'autre pièce.

— Tes parents t'attendent demain, à la première heure.

Je reste bouche bée, incapable de réaliser ce qu'il m'annonce. Sans faire attention, il continue à se changer, et ressort quelques minutes plus tard. Il a troqué son jean contre un costume taillé sur mesure qui me fait regretter encore plus notre étreinte avortée. Le voir dans ce complet noir, chemise assortie et chaussures vernies met le feu à mes hormones. Toutes sortes d'images torrides envahissent mon esprit et j'ai chaud. Très chaud. Me voilà donc frustrée, dépitée et en colère. *Je suis l'Ange le plus pathétique de la Création* ! Pour autant, j'essaie de ne pas me laisser distraire :

— Tu as appelé mes parents ?!

— Certainement pas ! résonne une voix derrière moi, me faisant sursauter. C'est moi qui l'ai fait.

Je me retourne pour fusiller Lucifer du regard. Même si j'aime mon frère de tout mon cœur, à cet instant précis j'ai juste envie de l'étrangler ! Je fonce vers lui et lui enfonce mon index dans la poitrine, en lui expliquant ma façon de penser.

— Tu n'avais pas le droit de faire ça, Lucifer, c'est déloyal.

Ma colère monte encore d'un cran devant son air idiot. Il lève les yeux au ciel en haussant les épaules.

— Oh, Gaby, voyons, je ne vois pas où est le souci, annonce-t-il, son œil inquisiteur braqué sur moi. Parce que, bien entendu, tu vas gentiment rentrer au bercail, retrouver ta petite vie et ton brave Elliot, non ?

Est-ce que je dois comprendre le sous-entendu lorsqu'il murmure la fin de sa phrase, s'assurant que Damian ignore qu'on parle d'Elliot ? Je prends sur moi. Je refuse de rentrer dans le jeu de mon frère et me dirige vers la pièce à vivre pour retrouver Damian. Une fois encore, je le trouve beau comme un Dieu. Il finit d'attacher sa montre à son poignet gauche et lève les yeux vers moi. L'espace d'un instant, je suis prête à parier que Lucifer et lui vont me planter là, pour partir je ne sais où faire je ne sais quoi. Après tout, la fête est finie. Dès demain je vais devoir reprendre mes responsabilités et lui sa vie de célibataire. J'imagine donc qu'il doit être heureux de retrouver ses habitudes de Démon tentateur, libre. Et ça me tue. Ça me tue parce que je voudrais qu'il ressente pour moi ce que j'éprouve pour lui… *Ne rêve pas, Gaby.*

Mais contre toute attente, Damian s'approche de moi avec un sourire mystérieux. Il enroule ses bras autour de ma taille pour déposer un baiser dans mon cou. Puis il me murmure :

— Ce soir, Paillettes, je t'emmène en balade.

13.
Petite escapade romantique

Damian

Comme toutes les filles, Ange ou pas, Gabrielle est romantique. Et même si je me suis moqué de ses larmes devant un livre, je dois avouer que j'aime ce petit côté fleur bleue. Aussi, quand Lucifer a confirmé son départ imminent, j'ai tenu à marquer le coup. Je veux lui faire vivre une soirée qu'elle n'oubliera pas de sitôt. L'avantage lorsqu'on est un Démon Supérieur, c'est que l'on ne s'encombre pas avec des détails insignifiants. Il m'a suffi de donner quelques ordres à Haroun et il nous a tout organisé en moins de trois heures. *Faudrait vraiment que je songe à le remercier, un de ces quatre*. Et en voyant l'air suspicieux de ma belle, je me félicite de mon choix. Je l'enjoins donc à retourner dans sa chambre pour enfiler la robe que Lucifer a tenu à livrer lui-même. Je sais qu'il est plutôt intime avec la styliste qui a dessiné le modèle, et m'est avis qu'il a dû profiter de cette visite pour se rappeler à ses bonnes grâces. En tout cas, ça a le mérite de l'avoir détendu. Il revient vers moi, les mains dans les poches et un sourire béat aux lèvres.

— Alors ? Quelle destination ?

— Bali.

Il siffle, admiratif.

— Ah, ouais. Ça claque. Juste pour la soirée… c'est dommage.

Je suis bien d'accord avec lui. Mais je suis incapable de lui dire que ce n'est qu'une première. Que j'espère bien pouvoir lui faire faire le tour du monde un jour, sans me préoccuper de sa famille ou de nos statuts. Juste elle et moi et l'éternité devant nous. Or, je me contente de lui sourire en haussant les épaules. J'aimerais le remercier, mais on ne fait jamais ces choses-là, ici. Il me facilite la tâche en s'approchant pour poser sa main sur mon avant-bras.

— En tout cas, profitez bien. Parce que lorsque vous arriverez là-haut, la réaction de mes parents sera le cadet de vos soucis. Il y a tellement d'hypocrites bien-pensants, largement moins tolérants que mon paternel… Il faudra que tu serres les dents. Alors, ce soir, profite.

C'est bien la première fois qu'il me donne un semblant de bénédiction. Je sais parfaitement qu'il n'a pas bien pris le fait de me voir avec sa sœur. Mais peut-être a-t-il compris que je ne joue pas ? Plus maintenant. Maintenant, je veux juste être avec elle, encore un peu.

Lorsque Gabrielle revient vers nous, je ne suis plus certain du bien-fondé de mon idée. Elle est tout simplement divine dans sa petite robe rouge, simple, mais efficace. Un bustier qui épouse à la perfection ses seins ronds, une jupe droite fendue sur le côté gauche et quelques broderies par-ci par-là. À vrai dire, je me fiche des détails. Gabrielle est sublime. Elle a choisi de porter des escarpins noirs et a même relevé ses cheveux, laissant apparaître son cou d'albâtre. Son port de tête altier, ses boucles qui dansent à ses oreilles, tout est parfait chez ma jolie blonde. Lucifer et moi la fixons sans un mot. Gabrielle se met à rire en se plantant devant nous, une main sur la hanche, et fait un petit tour sur elle-même :

— Alors, vous en dites quoi ?

Qu'est-ce que je peux lui dire ? Qu'elle est magnifique ? Une fois encore, c'est son frère qui me sort de la panade.

— Arf, t'es vraiment belle, sœurette. Je ne suis pas certain de bien vouloir te laisser partir avec cet abruti, là, ajoute-t-il en me tapant sur l'épaule. Mais après tout, c'est ta dernière soirée de liberté. Autant qu'elle soit inoubliable.

Gabrielle perd son sourire. Ses sourcils se froncent et ses épaules s'affaissent.

— Mais ce n'est pas ma dernière soirée. Si je remonte, c'est juste pour quelque temps. Je tiens à finir mon temps ici. Je n'ai qu'une parole.

Sans l'écouter, Lucifer ouvre un portail incandescent d'un mouvement ample de sa main gauche. Nous pouvons apercevoir une terrasse en bois exotique, entourée de verdure. Des plantes, des arbres, et surtout au loin une mer turquoise qui fait rêver. Même moi, je dois avouer que cette île paradisiaque me donne le sourire. *Vraiment, Haroun, t'as assuré.* Sans un mot, je tends mon bras vers la brèche, paume ouverte et invite Gabrielle à la traverser.

— Après vous, miss Paillettes.

Elle fronce le nez, mais ne relève pas ma blague pourrie. Elle embrasse son frère sur la joue et s'avance vers notre décor paradisiaque. Je lui emboîte le pas après avoir à mon tour tapoté l'épaule de mon Roi.

Lorsque nous franchissons le portail, c'est une douce brise marine qui nous accueille. L'air frais me rappelle combien on peut étouffer aux Enfers en fin de compte. Est-ce que ça aussi, ça rentrera en ligne de compte ? Gabrielle ne va certainement pas accepter de se replonger dans notre monde si noir et sombre ? Mon bel Ange est à mille lieues de mes considérations moroses. Elle s'extasie du décor, elle admire chaque fleur qui borde la terrasse. Puis elle se tourne vers moi, les yeux brillants. Elle s'avance, me dépasse et s'engouffre dans la maison. Mon assistant a réquisitionné une villa de luxe, bien entendu, et malgré sa nature plutôt simple, Gaby semble conquise par le décor que j'ai choisi pour ces prochaines heures. Des meubles en bois, des textiles blancs… Je ne prends même pas la peine de détailler la maison. Pour moi, tout ce qui compte, c'est de pouvoir être seul au monde avec ma belle. Comme une enfant, elle fait le tour de la pièce en touchant tout ce qui lui plait, pose sa main sur un coussin, caresse le plateau de la table… Et me lance un coup d'œil entendu. Quand elle me fixe comme ça, j'oublie nos problèmes. Nos différences me paraissent tellement moins importantes quand elle mordille sa lèvre en me déshabillant du regard !

Gabrielle

Je sais que je devrais le remercier pour ce voyage, même court, dans l'une des plus belles destinations que la Terre peut offrir. Mais je garde surtout en tête que d'ici demain, je ne le verrai plus. Alors, qu'importent le luxe, le soleil qui inonde la pièce ou la piscine à débordement. Moi, je veux que Damian me regarde. Je veux qu'il me touche, qu'il me fasse oublier mon départ. Joueuse, je tente de reprendre les choses où nous les avons laissées avant de quitter les Enfers. Je fais glisser mon index le long de la table en bois sombre, revenant vers mon démon d'une démarche qui se veut lascive. Non sans fierté, je le vois inspirer lentement. Les mains dans les poches, les épaules en arrière, il cherche à garder son sang-froid. Je le sais. Mais je connais aussi parfaitement chacune de ses réactions et je devine son désir lorsqu'il lève un sourcil en souriant.

— Nous sommes ici pour quelques heures, mon Ange. Seuls. Nous pouvons faire tout ce qui te plaira.

Arrivée à sa hauteur, je n'y vais pas par quatre chemins pour lui faire comprendre mes envies. Lentement, j'ouvre les boutons de sa chemise, un à un, sans lâcher son regard. Quand mes mains atteignent la fermeture de son pantalon, il se met à rire et pose ses doigts sur ma joue.

— Dites, mademoiselle, êtes-vous certaine que ce soit votre premier choix d'activité ? Je vous emmène dans un lieu magique et tout ce que vous voulez, c'est profiter de moi ?

D'un seul mouvement sec, je fais descendre son pantalon et son boxer. À genoux devant lui, je décide que ce soir, je briserai les chaînes que je me suis mises depuis bien trop longtemps. *Ce soir, Démon, je veux te faire perdre la tête !*

Je lève vers lui un regard mutin. J'ai envie de jouer.

— Il me semble, Monsieur, que j'ai su vous prouver au cours des années écoulées que je voue une passion sans bornes à nos activités communes. Alors, si ce soir j'ai le choix, j'aimerais vous démontrer les compétences acquises à vos côtés.

Je sais que j'ai gagné lorsque ses doigts se faufilent dans mes cheveux tandis que mes lèvres s'entrouvrent. D'un mouvement lent, je fais glisser ma main le long de son sexe, sans lâcher son regard. Ce n'est qu'au moment où ma langue vient rejoindre ma main qu'il ferme les yeux et rompt le contact. Je sens son poing se resserrer sur mes boucles. Il se tend légèrement, comme impatient. J'ai envie de sourire en songeant qu'avec une autre, il n'aurait certainement pas autant de tolérance. Je le torture donc encore un peu, retardant l'instant où je le laisse pénétrer ma bouche. J'ai le pouvoir et je compte bien en profiter. Quand enfin ma bouche vient prendre le relais de ma main, il laisse même échapper un soupir, presque un gémissement rauque.

Que demander de plus que de savoir que Damian, celui qui fait fondre les culottes de tous les Royaumes confondus, se retrouve à la merci de mes lèvres ? Prenant appui sur sa cuisse, je l'autorise à s'enfoncer toujours plus loin, au gré des mouvements de son bassin. Alors qu'il semble sur le point de perdre pied, il plonge à nouveau son regard dans le mien. Est-ce la lueur coquine que j'y mets ou le fait de savourer ma bouche pour la première fois, toujours est-il qu'il recule d'un pas et que son ordre claque dans le silence de maison :

— Lève-toi.

J'hésite une seconde, essuyant une goutte de salive perlant au coin de ma bouche avec mon pouce. Il jure tout bas tandis que je lui obéis. D'un seul geste, il me retourne pour me pencher sur le dossier du canapé et me pénétrer en un coup de reins avant de s'immobiliser.

Se calant contre mon dos, il me murmure :

— Je te jure que tu me rends dingue.

Je le connais par cœur et je sais qu'il se retient pour ne pas me laisser sur ma faim. Mais je suis au moins aussi excitée que lui et il ne suffit que de quelques va-et-vient pour que, la respiration haletante, je le supplie de continuer. Je bascule au moment où son doigt se glisse à son tour en moi. L'orgasme qui nous submerge tous les deux nous laisse pantelants, mais heureux. Après avoir soufflé quelques instants, Damian dépose quelques baisers le long de ma colonne vertébrale, puis me murmure :

— Une douche, ça te dit ?

Me revoilà dans le salon, mais cette fois, à la recherche de ma deuxième chaussure sous le canapé. Elle ne doit pas être loin… Oh, et puis après tout, tant pis pour le standing.

En ronchonnant, je me relève en m'appuyant sur le bras du fauteuil. Mes joues s'empourprent en songeant à ce que j'ai fait il y a à peine une heure, au milieu de cette même pièce. C'était la première fois que je prenais les rênes avec autant d'audace et il me semble qu'il a apprécié. En tout cas, moi j'ai adoré le voir perdre pied. Ma petite voix intérieure s'insurge contre ma soudaine libération sexuelle. Mais mince, j'ai envie de profiter ! Justement… Là est la question. *Et si Damian profitait de moi, lui aussi ?* Au même instant, il apparaît, impeccable dans son costume. Rien ne laisse deviner que nous venons de batifoler à travers la moitié de la maison. Il s'approche de moi, replace une mèche vagabonde derrière mon oreille. Avec un sourire gêné, je lui montre ma chaussure solitaire :

— Je ne retrouve pas sa copine.

— Ne t'en fais pas, tu n'en as pas besoin, dit-il en embrassant mes cheveux.

La caresse de sa main sur mon dos me fait frissonner. Je décide alors de ne plus me laisser envahir par les doutes et je le suis sur la terrasse, où nous attend notre repas. Quoi de mieux qu'un dîner aux chandelles dans un décor de rêve ? Certainement de le partager avec l'homme le plus sexy de la Création en sachant qu'il est à moi pour le reste de la nuit.

Nous mangeons en silence, échangeant juste des regards qui en disent long. Je ne sais pas quand notre relation a basculé. À quel moment avons-nous cessé de nous balancer des vacheries à la tête ? Je serais tentée de répondre que le fait de coucher ensemble a certainement bousculé les choses. Mais je sais au fond de moi qu'il y a plus que cela. Ce qui a commencé comme une simple histoire de sexe se transforme au fil des jours, et ça, ça me fait peur. Je suis tout bonnement en train de tomber amoureuse de ce type. C'est une catastrophe.

14.
Faisons des compromis

Gabrielle

Je devrais revenir avec la tête haute et l'envie de crier à tout le Royaume Céleste que je suis la meilleure. Mais pour être totalement honnête, je ne suis pas certaine d'être heureuse de remonter. Finalement, c'était si agréable d'être une autre Gabrielle durant ces années ! Avec Damian, je n'ai pas besoin de réfléchir. Je n'ai pas à me demander si ce que je dis ou fais sera conforme à ce qu'on attend de moi. Je n'ai pas à me soucier de mon image. Et ces dernières heures passées loin de tout ont conforté mon envie de tout plaquer. Oui, mais voilà… C'est impossible. Mon père fonde de grands espoirs en moi. Les femmes du monde entier croient en moi. Je ne peux pas les décevoir.

Mon sac bien calé sur l'épaule, je m'apprête à appuyer sur le bouton de l'ascenseur quand une main typiquement masculine me prend de court. Le souffle coupé, je tourne la tête pour trouver Damian à mes côtés, qui glisse ses mains dans ses poches… Et un sac sur l'épaule.

— Je peux savoir ce que tu fais ?

Sans quitter la double porte métallique des yeux, il lâche :

— Je t'accompagne.

— PARDON ?!

Je le fixe d'un air hébété et alors que je m'apprête à lui demander des explications, l'ascenseur s'ouvre sur un groom ailé engoncé dans un uniforme bordeaux. Il affiche un grand sourire jusqu'au moment où son regard se pose sur l'homme qui m'accompagne. Il bafouille un bonjour et se précipite pour me prendre mon sac des mains. Damian lève les yeux au ciel, certainement agacé de voir le séraphin se plier en quatre devant moi. Je le pousse du coude pour le mettre en garde. Puisqu'il s'est mis en tête de venir, il va falloir qu'il se tienne à carreau !

Le trajet me paraît durer une éternité. Ce même ascenseur que j'ai emprunté il y a quelques années me semble d'une lenteur infernale. J'essaie de ne pas penser à tout ce qu'il m'est arrivé depuis que je suis descendue. Et doucement, timidement, j'entrelace mes doigts avec ceux de Damian. Ce dernier baisse les yeux vers moi et me sourit. Ce simple contact suffit à me redonner de l'espoir. Oui, ça va bien se passer.

Quand enfin le *bip* significatif retentit, je retiens mon souffle. Les portes s'ouvrent à nouveau et c'est un tout autre décor que celui auquel j'ai appris à m'habituer. Ici, tout est si blanc, lumineux et…

— … cotonneux ?

Comme s'il lisait dans mes pensées, Damian trouve le mot juste. J'étouffe un rire devant l'air courroucé du groom. Oui, effectivement en comparaison à son domaine, le Royaume Céleste peut donner une impression plutôt nébuleuse. Au-delà des maisons bordant la rue principale qui s'étire face à nous, on peut apercevoir la blancheur des nuages, qui donne un aspect assez particulier au paysage. C'est comme si toute la ville était posée sur un cumulonimbus. Mais ce n'est qu'une illusion. Tout comme l'arc-en-ciel s'éloigne à mesure que l'on pense s'en approcher, ces nuages ne sont là que pour nous couper du reste du monde. Les Sénateurs n'ont jamais changé cet aspect de notre monde. Là où les maisons, la technologie et les relations entre contrées ont évolué de manière spectaculaire, les dirigeants ont pourtant conservé ce cadre hors du temps. Je jette un coup d'œil à Damian, pour tenter de capter ses impressions sur mon monde. Mais en bon démon, il reste impassible, comme hermétique à ce qui l'entoure.

À peine ai-je fait un pas en dehors de l'ascenseur qu'une voiture vient se garer en bas des marches devant nous. Damian arrache presque mon sac des mains du séraphin et m'emboîte le pas. Le chauffeur de mon père descend de la limousine noire, touche le bord de sa casquette en signe de respect avant de m'ouvrir la portière :

— Bonjour, miss. C'est un plaisir de vous revoir.

Il coule un regard inquiet à l'homme renfrogné à mes côtés.

— Votre père n'avait pas mentionné que vous seriez accompagnée.

— Bonjour, Gilles.

— Pourtant, *Gilles*, intervient Damian, j'étais présent lorsque Lucifer lui en a parlé.

D'un froncement de sourcils, j'essaie de faire comprendre à mon démon qu'il va falloir qu'il apprenne à être plus sympa que chez lui. Une fois les sacs posés dans le coffre, nous nous installons à l'arrière de la voiture et je profite des quelques secondes qu'il faut à notre chauffeur pour rejoindre sa place pour mettre Damian en garde à voix basse.

— Je ne sais pas ce que vous avez manigancé avec mon frère, mais je te préviens que si tu tiens à ta tête, il va falloir faire des compromis.

Je le vois passer lentement son index sur sa lèvre inférieure, dissimulant mal un sourire. Je ne peux m'empêcher de lever les yeux au ciel devant tant d'arrogance.

— Ouiiii, je sais, tu t'en fiches. Mais pas moi. Je ne sais déjà pas comment mes parents vont réagir… D'ailleurs, qu'est-ce que Lucifer leur a dit exactement ?

— Que tu avais bien bossé depuis ton arrivée et que tu avais besoin d'emporter du boulot avec toi.

Je reconnais bien là Lucifer et sa manie de jouer sur les mots. Je ne peux que croiser les doigts pour que mon père fasse preuve de tolérance à l'égard de Damian et son pote. Bande de crétins ! Oui, enfin… Lorsque Damian entrelace à nouveau nos doigts, j'ai envie de remercier Lucifer d'être aussi idiot.

Damian

Toute cette ville me donne la gerbe. On se croirait dans une banlieue chic du côté de Beverly Hills. Tout est propre, net, sans bavure… *Arg, une horreur ! Pourtant, chez moi, ce n'est pas non plus la catastrophe, hein !* On imagine toujours les Enfers comme le pire endroit au monde. Je pense qu'il faut juste s'accommoder de la chaleur. OK, de la noirceur aussi. Oui, d'accord, on est loin du joli petit décor propret dans lequel Gabrielle a évolué. Lorsque la limousine ralentit, je m'arrache à la contemplation de ma jolie blonde pour jeter un coup d'œil à la demeure qui va devenir mon nouveau foyer pour quelques semaines. Sans surprise, nous nous trouvons devant une belle maison imposante, blanche, aux volets peints en gris perle et entourée de verdure. Le chauffeur vient ouvrir la portière à ma compagne de route tandis que je me débrouille seul. Le côté famille royale, très peu pour moi. À peine Gaby a-t-elle posé un pied au sol que la porte d'entrée s'ouvre sur une jolie petite femme tout en rondeurs, au chignon impeccable et robe lilas. Aussi blonde que mon Ange, leur ressemblance flagrante ne me laisse aucun doute sur leur filiation. La femme sourit largement en voyant Gabrielle, qui se précipite à sa rencontre avec une joie tout enfantine.

— Bonjour, M'man.

— Oh, ma chérie, c'est bon de te revoir.

Les deux femmes restent enlacées un long moment, savourant leurs retrouvailles sans se préoccuper du monde autour. Lorsqu'enfin, elle lâche sa fille, les yeux clairs de la femme se posent sur moi. La bienséance l'empêche de laisser paraître ses émotions, mais l'accueil qu'elle me réserve est beaucoup plus mesuré, presque froid malgré le sourire dont elle ne s'est pas départie. Je connais très bien cette réaction. C'est celle des plus grands dirigeants du monde humain et j'imagine qu'ils savent de qui tenir.

— Excusez-moi, vous êtes ?

Je tente de prendre sur moi et de faire la meilleure impression possible, même si je n'ai finalement que faire de son avis. Je sais que c'est important pour Gabrielle.

— Damian.

Elle saisit la main que je lui tends. Le regard de Gabrielle navigue entre sa mère et moi, trahissant sa nervosité à l'idée de me voir commettre un impair.

— Vous êtes un ami de Gaby ? Il ne me semble pas vous connaître…

Nous y voilà.

— Je bosse avec votre fils.

Fin du sourire. Elle reprend sa main et tente de cacher sa surprise, trop bien élevée pour taper un scandale sur le pas de sa jolie maison.

— Oh, je… Mais Gabrielle n'avait pas dit que… Enfin, entrez, ne restons pas dehors.

Elle nous laisse pénétrer dans le hall immense de la maison. Bien entendu, tout est nickel. Tiré à quatre épingles. J'apprécie puisque chez moi aussi j'aime que tout soit nickel. Mais j'ai Haroun pour cela. Il gère ma maison et mon emploi du temps d'une main de maître, mine de rien. Au vu des ongles parfaitement manucurés de notre hôtesse, j'imagine qu'elle ne doit pas non plus faire le ménage elle-même. *Auraient-ils des larbins, au Paradis aussi ? Pourtant c'est maaaal* ! Je dois me retenir de rire. Se marrer tout seul, ce n'est pas forcément me mettre à mon avantage. La mère de Gabrielle malmène un mouchoir sorti de nulle part et appelle d'une voix un poil chevrotante.

— Elohiiiiiiim[13] !

Des pas lourds se font entendre au-dessus de nos têtes, que nous levons dans un geste réflexe. Et alors que je m'attends à me trouver face à un papy bedonnant et à la barbe blanche, j'ai l'agréable surprise de découvrir un dandy d'une prestance sans égale. Légèrement dégarni, une barbe courte parfaitement entretenue et une carrure

[13] Elohim signifie « Dieu », dans la Bible.

encore bien conservée malgré les années, cet homme arrive à en imposer, juste en descendant les escaliers. Je dois dire que je m'attendais à tout sauf à me trouver devant le sosie de Sean Connery ! D'une voix de stentor, il répond à son épouse qui s'époumone :

— Ne crie pas ainsi, Lilia. Je ne suis pas sourd.

À mes côtés, Gabrielle semble fébrile. Je la sens trépigner sur place, certainement angoissée de… Mais non ! Comme tout à l'heure, elle se précipite dans les bras que son père lui ouvre en arrivant en bas des marches.

— Tu m'as tellement manqué, Papa.

S'il ne répond pas, il n'en reste pas moins ému. Il serre sa fille contre lui en lui caressant ses boucles parfaites. Cette fois, c'est Gabrielle qui se charge des présentations.

— Papa, je suis venue avec…

— Damian, c'est bien ça ?

Là, c'est moi qui reste bouche bée.

— Oui. Bonjour, monsieur.

Je dois dire que je suis scotché de voir qu'il connaît mon prénom. Il ne semble même pas surpris de me trouver là, aux côtés de sa princesse chérie. Il me serre la main avec force et une lueur étrange dans le regard. *Merde, il me ferait presque flipper !*

— Bienvenue, jeune homme. J'aimerais vous dire deux mots. Gaby, tu nous rejoins aussitôt que tu as posé ton sac ?

Voilà comment on donne des ordres sans en avoir l'air. Ma jolie blonde acquiesce en me lançant un regard plein de supplications. *Mais elle croit quoi ? Que je vais essayer de tuer son père ? Ou que je vais faire brûler la maison ? Je sais me tenir, bon sang !*

Je suis Elohim dans son antre, quelques mètres plus loin. Une pièce lumineuse, meublée de manière sobre, mais définitivement moderne : un bureau en plexiglas, un ordinateur ultra fin et surtout une grande baie vitrée donnant sur le jardin et la piscine. On dirait plus le bureau d'un PDG trentenaire que celui d'un Sénateur les plus anciens et les plus connus du Royaume Céleste. Il s'installe sur un fauteuil, à droite de la porte et me désigne du menton le deuxième siège, face à lui. Il pose sa cheville sur son genou et me fixe sans un mot. Refusant de me laisser impressionner, je reste droit dans mes bottes et sur mon Chesterfield. Le silence s'étire et je me refuse à le rompre en premier. Il fera bien le premier pas. Effectivement, au bout de longues minutes, il prend la parole :

— Jeune homme, je sais parfaitement qui vous êtes. Je suis un père attentionné, quoique caractériel, je dois l'avouer. Ainsi, même si j'ai des soucis avec Lucifer, je n'en reste pas moins son père. Je sais donc exactement ce qu'il a tenté de faire en vous envoyant ici. La seule question que je veux vous poser, c'est pourquoi. Pourquoi avez-vous suivi Gabrielle ?

Merde. Je m'attendais à des menaces, des cris et des malédictions. À la place, je me retrouve face à un homme impassible, qui cherche à savoir quelles sont mes intentions envers sa fille. En bon démon que je suis, je tente une pirouette pour me sortir de là :

— Je suis là pour m'assurer qu'elle reviendra finir son temps chez mon Roi.

Mon interlocuteur se met à rire. Je ne sais pas si je suis vexé ou énervé. Mais une fois encore, par déférence envers Lucifer et Gabrielle, je ne réagis pas. Mais mon sang ne fait qu'un tour lorsqu'il reprend :

— Comme tu veux, gamin. Mais n'oublie pas. Ici, ce n'est pas comme chez toi. Ici, tu devras te plier à nos lois. La première, pas de pouvoirs pour toi. Tu es ici en tant qu'invité, qui plus est *mon* invité, donc je ne prends pas le risque de te laisser créer la pagaille avec tes pouvoirs démoniaques. Deuxièmement, quelles que soient tes relations avec ma fille, il vous faudra faire profil bas durant votre séjour. Ma femme est disons… plutôt hermétique au changement. Je ne dis pas qu'elle n'est pas tolérante, mais il va être très compliqué pour elle d'accepter ta présence. Alors, si elle réalise que tu peux involontairement contrecarrer ses plans, elle va être dans tous ses états. J'aimerais autant ne pas la contrarier pendant les fêtes, si tu le veux bien.

Je ne sais pas quoi répondre. Il semble en savoir beaucoup plus sur les activités de sa fille chez moi que ce que je n'aurais pu imaginer. Et sa façon soudaine de me tutoyer est une très bonne méthode pour asseoir son autorité. Me voilà pris de court. Dois-je nier ? Puis-je commencer mon séjour ici en mentant éhontément ? *Arf, après tout, je suis un démon, non ?*

— Monsieur, je ne vois pas…

— Tsss, pas de ça ici, jeune homme. Ici, je te demande, non je t'impose une chose. Pas de mensonge.

Au moment où il prononce ces mots, une brûlure au poignet me fait sursauter en jurant. Enfin… J'aurais juré si je n'avais pas serré les dents. Parce que, ça aussi, j'imagine que c'est proscrit. Lorsque je passe ma main sur mon membre douloureux, mes doigts entrent en contact avec le métal froid d'un bracelet en titane, gravé avec des symboles étranges. Mon cerveau ne met pas longtemps à faire le lien. Ce joli joujou est là pour me tenir en laisse. Je devrais en vouloir à celui qui est face à moi. Mais je me souviens d'une de mes phrases favorites que je peux presque voir clignoter au-dessus de sa tête. *Ma maison, mes règles.*

— Bien. Et maintenant, si tu me racontais comment mon fils a pris l'arrivée de sa sœur. Il devait être fou de rage, non ? reprend-il avec un large rictus taquin.

Ouais, définitivement, je sais de qui Gabrielle et Lucifer tiennent leur caractère et leurs yeux sombres.

15.
Bienvenue

Gabrielle

Les premiers pas de Damian dans mon univers n'ont pas été de tout repos. Ma mère a failli faire un AVC, mon père lui a probablement fait le coup du *je t'ai à l'œil...* D'ailleurs, j'aurais dû écouter mon instinct et les suivre dans le bureau pour savoir la teneur de leur conversation. Lorsque je les rejoins, ils sont déjà de retour dans le couloir, échangeant une poignée de main virile, un sourire aux lèvres. Or, je connais Damian sur le bout des doigts. Il est crispé. Et la situation ne s'arrange pas au moment où la porte d'entrée s'ouvre à la volée pour laisser apparaître mon insupportable, mais néanmoins charmante sœur. Sa grande passion ? Le shopping sur Terre et, au vu des paquets qu'elle trimbale, elle revient justement d'une de ses virées annuelles. Lâchant ses innombrables sacs en plein milieu du hall, elle tend les bras vers moi et vient m'enlacer. Pandore est tout ce que je ne suis pas : grande, élancée, ses cheveux châtains toujours impeccables… Mais elle est aussi fougueuse et impétueuse. Tout comme notre frère, nous partageons avec notre père un caractère irascible, mais nous avons aussi beaucoup d'amour les uns pour les autres, grâce à notre mère. Alors, c'est avec les larmes aux yeux que j'enlace Pandore.

— Oh, Gabyyyy !! Mince, t'es déjà là ! Tu m'as manqué !

Puis elle s'éloigne, gardant ses mains sur mes épaules. Elle semble scruter mon visage, à la recherche de je ne sais quoi.

— Tu m'as manqué aussi, Pandore, mais…

— Tu as changé. Il y a quelque chose de nouveau chez toi. Ouhhh, hello !

Lorsque son regard passe par-dessus mon épaule, je sais que son attention est totalement accaparée par notre hôte. Elle me lâche et me contourne, la main en avant.

— Salut. Je suis Pandore, la sœur de Gabrielle. On ne se connaît pas, il me semble ?

Tout sourire, Damian saisit la paume de Pandore.

— Effectivement, nous n'avons pas eu le plaisir de nous rencontrer. Je suis Damian, et j'ai été chargé par Lucifer d'accompagner Gabrielle pour son séjour ici.

Pandore se retourne vers moi vivement :

— Mince, Gaby, c'est pire que la prison, ton truc.

Sans lâcher la main de Damian, elle lui adresse un grand sourire.

— Enfin, reprend-elle d'une voix mielleuse, si ça veut dire passer du temps avec un geôlier si sympathique, pourquoi pas ?

Tout au fond de moi, je sens la colère poindre. Deux solutions. Je laisse couler ou je me lance une fois de plus dans un grand débat avec cette tête de mule ? En la voyant minauder devant mon démon, je n'hésite plus. Je m'avance vers eux et me saisis à mon tour de la main de Damian pour l'attirer à l'étage.

— Ben tu sais, ma chère Pandore, tu n'avais qu'à prendre tes responsabilités dans cette histoire. Allez, Damian, je te montre ta chambre.

Une fois en haut des escaliers, j'entraîne mon démon dans ma chambre. Je ne lâche sa main qu'au moment de refermer la porte derrière nous. Appuyée contre le vantail, je pousse un soupir exaspéré, pendant que Damian se marre comme un idiot.

— Quoi ? répliqué-je, un sourcil relevé, dubitative.

— Rien. T'es mignonne quand t'es jalouse, Paillettes.

Il se colle à moi et pose ses mains contre le panneau de bois. Ma respiration s'emballe de le sentir si près.

— Je ne suis pas jalouse, murmuré-je.

— Ah oui ? Alors pourquoi ton souffle s'accélère-t-il ?

Il approche ses lèvres des miennes, sans les toucher.

— Pourquoi ton cœur bat-il la chamade ?

Lorsque je tends le cou pour l'embrasser, il esquive avec un petit claquement de langue énervant.

— Tss tss, voyons Gabrielle. Un peu de retenue. Nous ne sommes plus seuls chez nous, ma belle.

Chez nous ? Pourquoi ces simples mots me donnent-ils envie de pleurer ? Il recule un peu plus encore et, les mains à présent dans les poches, il observe l'espace autour de lui. En silence. Je vous plante le décor ? Mon beau Démon, tout de noir vêtu, exsudant la masculinité et le péché par tous les pores… Au milieu de ma chambre rose bonbon. De mon lit à baldaquin à mes peluches bien alignées sur mes étagères, je ne sais pas ce qui le surprend le plus. Je le contourne pour m'asseoir sur mon édredon à étoiles. Il reste stoïque, détaillant chaque cadre, chaque élément du mobilier. Puis il me regarde à nouveau, et les seuls mots qu'il arrive à dire avant d'éclater de rire sont :

— Ne me dis pas que je vais dormir ici, Gaby.

Nous nous esclaffons ensemble. Malgré tout, je suis un poil déçue à l'idée de devoir dormir seule ce soir.

Damian

C'est tout de même soulagé que je l'ai suivie de l'autre côté du couloir. Je suis un peu mal à l'aise de me retrouver dans la chambre de mon Roi, mais c'est toujours mieux qu'au milieu du rose et des peluches !

Merde, mais elle a quel âge ?

Les premières nuits ont été une véritable torture. Je crois que j'ai pris l'habitude de me réveiller avec ses cheveux sur le visage, ou encore en l'entendant marmonner dans son sommeil. Là, je reste appuyé contre la tête de lit, les mains derrière la nuque, à fixer la porte. Il doit bien être deux ou trois heures du matin, mais je suis incapable de fermer l'œil. Tout ce que je peux faire, c'est me demander comment ça va se passer. Notre séjour ici est des plus calmes. Sa famille a l'air assez cool… Mais après ?

Pour le moment, je dois survivre à l'espèce de fête organisée demain. Un truc traditionnel, je crois, auquel la moitié des Sénateurs du Royaume sont conviés. Enfin, tout le monde est invité, mais il y a des contrées où les traditions sont différentes, a dit Gaby. *Quelle connerie* ! Si vous voulez mon avis, ils seraient plus efficaces s'ils arrivaient à s'accorder un peu plus. Mais quand j'ai eu le malheur de le dire à Gabrielle, elle m'a fait tout un sermon sur les libertés individuelles et la tolérance, bla-bla-bla...

Enfin bref. Je vais devoir la jouer cool. Va falloir sourire, être sympa. J'ai presque envie d'en vouloir à Lucifer de m'avoir embarqué dans cette folie. Mais ce ne serait pas honnête… Parce que je sais qu'il l'a fait pour moi. Pour que je puisse rester encore un peu de temps avec ma belle.

Et après ?

Plus les jours passent, plus je me rends compte des différences entre nos deux mondes. Je la vois épanouie, heureuse. J'aimais déjà la voir sourire, or ici, elle ne fait que ça. Elle est dans son élément. Comment pourrais-je décemment lui demander de revenir aux Enfers avec moi ? Ce serait purement égoïste. Tout ça pour un temps donné, en plus.

Quoique… Après tout, pourquoi est-ce que ça devrait s'arrêter ? Ouais, OK, en général son clan et le mien se tapent sur la tronche. On pourrait peut-être trouver un compromis ? Au moins, tenter un truc ?

Merde, Damian. Tu t'entends ? Réfléchis deux minutes à ce que tu dis. Un Ange et un Démon, ça ne marchera jamais. Elle ne voit en toi qu'une manière de passer le temps. Au mieux, tu l'aides à s'affranchir de son statut de fille à papa. Mais bientôt, elle retrouvera tout à fait ses marques, et elle t'oubliera en un claquement de doigts.

D'un geste distrait, je caresse le métal du bracelet imposé par son père. Je réalise que je n'ai même pas cherché à savoir à quoi il servait. Comme un bon petit toutou, j'ai accepté sans broncher. Pas sûr que Lucifer apprécierait de me voir aussi docile ! Ça m'a semblé être la meilleure solution. Je fixe la bande d'acier autour de mon poignet.

Qu'est-ce qu'elle peut bien faire, cette connerie ?

Bon clairement, elle ne m'empêche pas de dire des grossièretés. Elle ne m'empêche pas non plus d'avoir des pensées… disons inadaptées à propos de Gaby. Parce que vu la trique d'enfer que je me suis tapée hier quand elle est apparue dans son maillot de bain, je serais mort sur place ! Comble de malheur, ici comme chez moi, pas de saisons. Il fait un temps superbe du premier janvier au trente-et-un décembre, sauf si le Conseil des Sénateurs vote le contraire. Ils ont donc parfois de la neige dans certaines contrées. Sinon, c'est la Californie toute l'année. Pour mon plus grand malheur, parce que je dois endurer la vision de son corps parfait sans pouvoir la toucher.

Alors, quoi ?

Un peu saoulé par la situation, je décide de m'accorder un plaisir simple en faisant apparaître un scotch. Mais à l'instant où je claque des doigts, une décharge électrique bien salée me parcourt le bras. *Aoutch.*

C'est donc cela ? Je n'ai pas le droit de boire ? Ou bien… Deuxième décharge lorsque je tente de faire exploser le cadre accroché face au lit. Ouais, c'est bien ça… Je suis privé de mes pouvoirs. *Plus de magie, mon brave Damian.* Les paroles du patriarche me reviennent en tête. Il a dit « pas de pouvoirs ».

— Bah, ça va être cool ces vacances, tiens, ironisé-je à haute voix.

16.
Les joies des fêtes de famille...

Gabrielle

Pour lancer la saison des fêtes Saturnales, ma mère a l'habitude d'organiser un grand repas, réunissant famille et amis. C'est une tradition sur laquelle elle est intraitable. Ce qui, au départ, n'avait vocation qu'à marquer le début des fêtes de fin d'année s'est transformé au fil du temps en un rituel immuable et l'occasion de passer une soirée magnifique. Je n'ose pas imaginer ce qu'elle a dû ressentir face à mon absence ces dernières années. C'est déjà un crève-cœur pour elle que Lucifer n'accepte jamais de venir. Alors, avoir deux chaises vides…

Cette année, je dois admettre qu'elle s'est surpassée. Je ne sais pas si c'est en l'honneur de notre nouvel invité, mais elle a délaissé les traditionnelles couleurs blanc et or pour choisir le rouge et l'argent. Les rideaux, les décorations, tout me semble un poil plus sombre que dans mes souvenirs. Tel un chef d'orchestre, ma mère est affairée au milieu de l'immense salle à manger, donnant ses dernières consignes à la petite armée de séraphins réquisitionnés pour l'occasion. J'attends sagement qu'elle ait fini sa mise au point, l'observant depuis le pas de la porte. Elle m'a manqué. Une fois son petit discours terminé, elle se tourne et me lance le sourire le plus chaleureux imaginable.

— Coucou, ma puce. Tu n'es pas encore changée ?

— Non je voulais voir si tu avais besoin d'aide. Mais comme toujours, tu gères.

Je m'avance à ses côtés, l'aidant naturellement à plier les serviettes.

Elle vient poser sa main sur ma joue. Un simple geste maternel chargé de tendresse qui me donne envie de pleurer. Oui, malgré tout, l'amour de mes parents m'a manqué pendant mon séjour chez Damian.

— Tout est sous contrôle. Cette soirée devrait être… mémorable.

Je fronce le nez en songeant à mon démon, qui est sous la douche à l'étage. *Ah oui, mémorable* !

— As-tu remarqué ? J'ai tenté de donner un côté moins… lumineux à tout ça.

Elle désigne de la main le décor autour de nous. J'acquiesce et la remercie de prendre en compte les sentiments de Damian.

— D'ailleurs, ma puce. Puisque nous parlons de ton nouvel ami… Il a fait une grande impression sur ton père. Je ne sais pas ce qu'ils se sont dit, mais il semble l'apprécier.

Je m'abstiens de lui demander son avis. Je sais qu'elle fonde tant d'espoir sur mon futur que je refuse de lui laisser comprendre que Damian pourrait tout remettre en question. On verra plus tard... Malheureusement, elle poursuit :

— Je suis certaine qu'il s'entendrait avec Elliot. As-tu prévu de les présenter l'un à l'autre ?

Au moment où j'ouvre la bouche pour répondre, les pas lourds de notre invité résonnent dans les escaliers. Je soupire de soulagement avant de me tourner vers lui. Et c'est là que je perds les quelques bribes de fierté qu'il me restait. Il se tient droit comme un i, les mains dans les poches, beau comme jamais dans son costume sombre. Alors bien entendu, cet air sûr de lui dont il ne se départit jamais me fait lever les yeux au ciel. Mais y'a pas à dire… Il est canon. À mes côtés, même ma mère ne dit plus un mot. Damian hausse une épaule et s'avance d'un pas dans la pièce en sifflant :

— J'allais vous dire que je suis parfait, mais je dois avouer, madame, que le travail accompli pour décorer cette salle est époustouflant et relègue ma propre fierté aux oubliettes.

Comme une adolescente, ma mère se met à pouffer.

— Merci, mais ce n'est pas grand-chose. Je donne surtout les consignes, ce sont les séraphins qui accomplissent les plus grosses tâches.

Sans prévenir, Damian se tourne vers moi avec un visage soudain plus grave.

— Dis, Gabrielle… Tu ne comptes pas rester en legging ce soir, si ?

J'aimerais l'envoyer balader, mais une fois encore, ma tendre maman se laisse séduire par Damian et renchérit :

— C'est tout à fait ce que je lui disais il y a encore quelques minutes.

Puis elle me prend des mains la serviette que je finis de plier pour me pousser vers les escaliers.

— Allez, allez ! me chasse-t-elle sans ménagement. Tu dois bien avoir une robe à te mettre !

Inutile de protester. Je monte en regardant Damian rire avec ma mère. Pourvu qu'elle n'ait pas l'idée de lui parler d'Elliot !

J'aurais pu porter n'importe quelle robe. Mon dressing ferait pâlir d'envie toutes les Cristina Cordula de la planète. Mais mon choix s'est arrêté sur la robe offerte par Lucifer… et Damian. Oh, je les connais ces deux-là. Ils ne font rien l'un sans l'autre. Alors je sais pertinemment que lorsque Damian lui a parlé de notre escapade, Lucifer a dû mettre son grain de sel sur le déroulé du voyage. D'accord, ce sont des génies de la tentation et des vices, mais ils ne sont pas non plus experts ès modes.

Je me fais rire toute seule en les imaginant choisir cette robe ! Toujours est-il que j'aime l'idée de la porter à nouveau. Même si je rougis en me remémorant ce que nous avons vécu durant cette soirée. Que disent les humains, déjà ? Ce qui se passe à Vegas reste à Vegas. Pour nous, ce sera Bali, notre secret. Alors que je me perds dans mes songes, trois légers coups frappés à ma porte me font sursauter. Mon beau démon glisse la tête dans l'entrebâillement.

— Prête, miss Paillettes ?

Quand il pose les yeux sur moi, je me mordille la lèvre. La lueur dans son regard change et il entre tout à fait, refermant la porte derrière lui. Il franchit rapidement la distance entre nous et, prenant mon visage en coupe, il dépose un baiser sur mes lèvres. Un baiser doux, chaste, mais qui met immédiatement le feu à mon estomac. Je sens mon cœur s'emballer et c'est presque en gémissant que je le vois éloigner sa bouche si tentante.

— Tss, mademoiselle, vous n'êtes absolument pas raisonnable. N'avez-vous donc aucune pudeur ? Nous sommes chez vos parents, membres respectés de la Grande Communauté des Coincés du…

— Chut ! Je pose mon index contre sa bouche pour lui intimer le silence. On ne jure pas, ici.

— Dommage. En tout cas, si l'envie te reprend de rejouer les scénarii de Bali, je suis tout à toi.

Cette fois, c'est sûr, je dois être rouge comme une pivoine. Mais je ne perds pas ma répartie.

— Tu sais quoi ? Si t'es sage, ce sera ta récompense !

L'entendre rire de si bon cœur n'aide pas mon rythme cardiaque à calmer sa danse effrénée.

Mince, Gaby ! Arrête.

Damian

Au moment où j'ai embrassé Gabrielle, je m'attendais presque à ce que ce fichu bracelet fasse fondre mon bras. Ou bien que je me retrouve foudroyé sur place. Mais rien ! Pas même une petite décharge électrique. Je dois dire que je reste perplexe. Parce que lorsque j'ai souhaité la mort du chien des voisins qui aboie aux aurores, la châtaigne que je me suis prise n'avait rien d'un doux rêve. Je pensais donc qu'avoir les pires pensées salaces face à la fille chérie d'Elohim me vaudrait une mort immédiate. Pourtant, rien ne se passe. Je ne comprends pas et je déteste ça. Mais pour l'instant, je préfère voir le côté positif. Je vais pouvoir calmer mes nerfs mis à rude épreuve en l'embrassant à la dérobée, de temps à autre. Parce que, soyons honnêtes. Chaque fois que je la vois, j'ai envie de la toucher, de l'avoir près de moi. La voir porter cette robe, cela m'a immédiatement rappelé Bali. Le problème avec ces souvenirs ? Je ne retiens pas les heures que nous avons passées à faire l'amour dans toute la maison. Non… Je me souviens que, lorsque je l'ai regardée dormir, j'ai dû me rendre à l'évidence. Cette fille, je l'ai dans la peau. Je ne peux plus imaginer ma vie sans elle.

Alors, me voilà, comme un con, à serrer des mains, en souriant, et saluant des gens que je déteste. Enfin… Je les déteste par principe, hein, parce que je ne connais la plupart d'entre eux que de noms. Mais c'est « l'Autre camp ». Donc, ça m'emmerde royalement. Or, quand la grande blonde aux tresses savamment enroulées dans une sorte de chignon complexe me toise, je sens que je ne suis pas au bout de mes peines.

— Alors c'est vous, le… Démon ?

Son air pincé et ses yeux suspicieux… J'aurais tant aimé ne pas avoir à rencontrer une personne aussi antipathique que cette femme. Tout en elle me crie son mépris. *Mince, si je pouvais utiliser mes pouvoirs ici* ! *Je lui ferais ravaler ses dents.* Tout ce que je peux faire, c'est rester impassible.

— Il paraît que je suis le seul ici, en effet.

— Hum…

Son sourcil haussé me donne des envies de meurtre. Mais quand elle commence à sourire d'un air carnassier en se penchant vers moi, j'ai clairement des envies de tortures qui me valent une petite décharge peu agréable au niveau du poignet. Sa voix suave m'irrite au plus haut point.

— J'imagine que vous n'allez pas vous attarder. Après tout, rien ne vous retient ici, n'est-ce pas ?

— Bonsoir, Héra.

Le père de Gaby tombe à point nommé. Je dois avouer que je lui suis reconnaissant d'apparaître à mes côtés pour me sauver la mise.

— Elohim.

Elle lui adresse un signe de tête et, après un dernier regard dédaigneux, s'éloigne dans la foule des invités. Elohim grogne un peu et me tend un verre de liquide ambré.

— Quelle vieille bique.

Je me retiens de rire et me saisis du verre tout en le remerciant. Il pose sa main sur mon épaule et m'entraîne plus loin de la porte.

— Viens, il sera toujours temps de rencontrer tous ces gens plus tard. Allons boire un verre tranquillement auprès des plus sages.

Quand, au bout de quelques mètres, nous nous retrouvons près de l'énorme cheminée, je dois dire que je respire à nouveau. Zeus, Ganesh et l'Irlandais m'accueillent avec un sourire franc. *Y'a pas à dire, même ici, les hommes sont plus simples que les femmes* ! Si dans un premier temps, je me contente de les écouter discourir sur les dernières catastrophes touchant les humains, très vite, la conversation revient sur le sujet qui apparemment occupera toutes les bouches ce soir.

— Dites-nous, Damian, s'enquiert Zeus. Avez-vous réussi à trouver vos marques rapidement ? Vous êtes ici depuis… quoi ? Trois jours ?

— Oui, merci.

Cet homme au visage buriné est tellement plus chaleureux que son épouse ! Une longue barbe bien entretenue, des tempes grisonnantes, il affiche une bonhomie qui me séduit d'emblée. Il me met immédiatement à l'aise, autant que Ganesh et Patrick que je connais déjà de longue date. Ce dernier me tape vigoureusement sur l'épaule avec un grand rire :

— Allez, Damian. Respire.

J'ouvre la bouche pour lui répondre quand mes yeux rencontrent ceux de Gaby. Là, au milieu des gens qu'elle connaît et qu'elle aime, elle semble tout de même me chercher du regard. Et je lui suis reconnaissant pour ça. Elle mordille sa lèvre et trépigne discrètement sur place, certainement peu intéressée par le monologue de son interlocutrice — en l'occurrence, sa sœur. Soudain, elle reporte son attention sur la jolie brune, semblant s'excuser, et s'avance vers nous.

Quand elle arrive à notre hauteur, son père passe un bras autour de ses frêles épaules pour la serrer contre lui.

— Gabrielle, ma chérie ! Tu te souviens de Patrick ?

Aïe. L'espace d'un instant, je crains que l'un d'entre eux ne fasse une boulette. *Bien sûr, Elohim ! J'ai croisé ta fille à une soirée bacchanales chez Damian !* Et bim ! Cendres de démon au dessert, ce soir.

Mais contre toute attente, le grand roux nous sauve la mise dans une pirouette dont il a le secret.

— Ne t'ai-je pas dit ? Nous nous sommes vus lors d'un dîner donné chez Damian. Un truc presque aussi plan-plan que ce soir, si tu veux mon avis.

Je le vois adresser un clin d'œil à ma jolie blonde, qui se détend légèrement en entendant son père rire.

— Plan-plan ? Ne t'avise pas de dire cela devant Lilia, ou elle est capable de te faire griller sur place. Tu sais qu'elle ne rit pas avec les Fêtes Saturnales.

Puis il reporte son regard sur moi.

— Et je suis certain que notre ami est aussi pointilleux sur son travail que sur sa vie sociale.

Comment interpréter ses paroles ? Pourquoi à chaque fois que cet homme s'adresse à moi, j'ai le sentiment qu'il sait pertinemment tout de moi, et surtout tout de mes liens avec sa fille ? Je n'ai pas le loisir d'analyser plus avant sa phrase qu'à nouveau, Héra vient nous faire son petit numéro.

17.
Coups de tonnerre au Royaume Céleste

Gabrielle

Fière de moi, j'avais réussi à éviter le sujet. Mais ça ne pouvait pas durer. Tout s'est effondré au moment où Héra, le sourire aux lèvres nous rejoint et me demande le plus naturellement du monde :

— Dis-moi, Gabrielle… Tu as appelé Elliot depuis que tu es revenue ? J'imagine qu'il doit être soulagé de te savoir en sécurité ici, non ?

Mince.

— Je… Euh, non, pas encore, mais…

MINCE. Je dois avoir l'air d'une gamine prise en faute. Une réponse sensée, vite, vite…

— J'imagine, moi, qu'il a autre chose à faire que de se soucier de mon sort. N'est-il pas en mission en ce moment ?

Héra nous gratifie d'un rire cristallin qui me donne un frisson.

— Oh, ma chérie, qu'est-ce qui pourrait être plus important que le sort de sa promise ?

C'est à cet instant précis que mon monde s'écroule. Instinctivement, je me serre contre mon père et plante mon regard dans celui de Damian. Il semble imperméable aux paroles de la déesse, mais je le connais assez pour savoir que cette teinte sombre dans ses prunelles n'augure rien de bon. Comme un cadeau improbable, Gan me sort de cette situation infernale d'une simple phrase :

— Gaby est certainement bien consciente de l'amitié qui la lie à Elliot, Héra, mais il est peut-être un peu tôt pour parler de promise.

À son tour, Patrick prend le relais. Il pose sa main sur l'épaule de Damian, amicalement.

— Il est temps que je te montre cette fameuse bière qu'on fabrique ici. Je t'en parle depuis des millénaires !

Il l'entraîne à sa suite après s'être excusé. J'essaie de ne pas les suivre du regard et tente également de garder mon sang-froid. Là, tout de suite, j'ai envie d'arracher les yeux d'Héra. Cette dernière me fixe avec un air satisfait. J'aurais dû me douter qu'elle ne se contenterait pas de rester spectatrice de mes œillades énamourées à Damian et notre flirt discret. Experte en la matière, elle a certainement décelé chez moi ce que je tente de faire passer pour une simple amitié. Elle sait. Je la connais bien assez pour déchiffrer cette lueur au fond de ses prunelles émeraude. Elle ne lâchera pas l'affaire. *Ma pauvre, si tu savais... Damian m'oubliera aussitôt que je ne ferai plus partie du paysage.* Alors oui, je suis en colère de la voir saboter nos dernières années. Parce que même si j'ai bien l'intention de retourner aux Enfers finir mon temps, pourra-t-on reprendre les choses là où nous les avons laissées ? J'ai beau me répéter que c'est un Démon tentateur, qu'il se fiche comme de l'an quarante de savoir que je dois me marier bientôt, ça n'empêche pas mon cerveau de m'alerter : la colère dans les yeux de mon démon ne présage rien de bon.

Je compte mentalement jusqu'à cent, avant de prendre à mon tour congé auprès de mon père et ses amis et parcourir la foule des invités pour retrouver Patrick et Damian. Je repère assez vite la grande silhouette à la chevelure flamboyante à la porte de la salle à manger. Ils se dirigent vers la cuisine, ou le jardin peut-être.

C'est effectivement à l'extérieur que je les trouve. Une bière à la main, ils discutent à voix basse. Patrick tend finalement sa main à Damian, qui hésite avant de la serrer en silence. Lorsque je m'approche d'eux, l'Irlandais se tourne vers moi.

— Ah, revoici notre princesse. Je vais aller voir Pandore, je n'ai pas encore eu l'occasion de la taquiner sur son boulot mal fait.

En passant à mes côtés, il dépose un baiser sur le dessus de ma tête et s'engouffre à nouveau dans la maison. Je comble la distance entre Damian et moi. Je cherche depuis tout à l'heure ce que je peux lui dire, mais je suis incapable de trouver les mots justes. Je reste donc là, plantée comme une idiote à côté de lui, à regarder un jardin que je connais par cœur. Au bout de longues secondes, il brise le silence :

— C'est vraiment trop cotonneux chez toi, Princesse.

Je ne peux me retenir de rire.

— On s'y habitue, tu sais.

Il fronce du nez en tirant la langue.

— Beurk. Nan je ne crois pas qu'on s'habitue à vivre dans un décor pareil. Sauf si on aime les licornes et les paillettes.

Je le pousse du coude, taquine.

— Oh, je me suis bien habituée aux Enfers, moi. Ne me dis pas que le grand Damian est moins doué qu'une petite princesse angélique ?

Nos yeux s'accrochent, pour ne plus se lâcher. J'aimerais tant savoir ce qu'il pense de nous, de toute cette folle aventure qu'on partage depuis quelques années. Oui, j'aimerais qu'il me dise que…

— Tu sais, mon Ange, toi et moi, ce n'est qu'un jeu. Un passe-temps. Ça ne veut rien dire.

Boum. Le couperet est tombé. Je tente tant bien que mal de garder mon sang-froid pour lui répondre d'un air détaché :

— Oui, je le sais. Mais ça ne nous empêche pas d'en profiter encore un peu ?

C'est ça, Gaby. Profite de chaque instant auprès de lui.

— Au sujet d'Héra… Je suis désolée si elle…

— Ne t'en fais pas. J'ai parfaitement compris ce qu'elle cherche à faire. Je ne suis pas stupide. Mais on s'en moque.

Oui. Oui, je m'en fiche, je veux juste que cette soirée se termine.

Lorsque je m'installe à table face à Pandore, j'ai l'impression d'être sur la chaise électrique. Malgré le sourire encourageant de ma sœur, j'ai l'estomac noué. Le dos droit, les mains moites, ce qui devrait être un joli repas de famille me donne déjà des sueurs froides.

Mais la main que Damian glisse sur ma cuisse en signe de soutien m'aide à retrouver une respiration presque normale. Nos yeux se croisent et je trouve dans ses prunelles cette petite lueur malicieuse, celle qui me réconforte en toutes circonstances.

Une fois tous les convives installés, mon père se lance dans son traditionnel discours de début de festin :

— Mes chers amis, je vous remercie d'être présents ce soir. Comme vous le savez, mon fils n'a une fois de plus pas pu être à nos côtés, mais il a tenu à nous envoyer Gabrielle et Damian pour combler son absence. Je me félicite de revoir ma fille et bien entendu, je remercie Damian d'avoir accompagné Gaby ici.

Un silence monacal s'installe dès les premiers mots de mon père. Si j'avais encore des doutes sur l'accueil qui serait réservé à mon voisin de table, cette fois mon cœur tressaute. Il intrigue, fascine et séduit. Trois états d'esprit que je comprends tout à fait. Mais soyons honnêtes, il fait également peur. À quand remonte la présence d'un Démon supérieur à la table d'un Sénateur ? Certainement à la nuit des temps…

Pourtant, il est venu de son plein gré, avec le sourire aux lèvres. Alors, j'ai envie de croire que c'est pour moi qu'il l'a fait. Chaque fois que mes yeux se posent sur lui, une foule de sentiments contradictoires vient se livrer bataille dans ma tête. Puis-je blâmer mes proches, qui le connaissent depuis moins de soixante-douze heures, d'éprouver des doutes ? Pendant que je fais chauffer mes neurones, mon père reprend :

— J'espère qu'ils trouveront ici un accueil bienveillant, à la hauteur de celui que Lucifer a fait à sa sœur.

Je sens le genou de Damian cogner contre le mien. Or, je refuse de le regarder à nouveau, parce que je sais que je vais devenir cramoisie en quelques nanosecondes. Je sais pertinemment à quoi il pense. Non, je me concentre sur le regard doux que mon père pose sur moi. Et le clin d'œil qu'il m'adresse.

— Trêve de bavardages. Je ne vous assomme pas une seconde de plus et vous invite à manger. Bon appétit !

Lorsqu'il frappe dans ses mains, les mets les plus succulents apparaissent sur la table. Et tout naturellement, la soirée reprend un cours plus normal. Enfin normal… C'est sans compter sur la propension innée de mon voisin de table à jouer avec mes nerfs. Il ne lui faut que quelques phrases pourtant innocentes pour m'entraîner dans une joute verbale qui, si dans les premiers temps me met mal à l'aise, devient vite savoureuse… voire un brin excitante.

Il lance les hostilités lorsque mon oncle Gan, le plus naïvement de la Terre me demande gentiment en me désignant les plats devant lui :

— Gaby… Gigot ou saucisse ?

En entendant glousser à mes côtés, je donne à mon tour un coup de genou vigoureux en gardant mon calme.

— Gigot, merci.

Mais loin de se laisser déstabiliser, Damian réplique avec un grand sourire :

— Avec un peu de sauce blanche ?

— Non, merci. C'est de la sauce hollandaise, et ça ne s'accorde pas avec la viande.

Je ne réalise que trop tard ma bourde au moment où je sens les soubresauts de son épaule collée à la mienne. Je plante rageusement ma fourchette dans ma viande en essayant de rester impassible. Mais mon répit est de courte durée… *Le sort a-t-il une dent contre moi ?*

— Tu as l'air affamée, Gaby ! ajoute Héra.

J'essaie d'avaler ma bouchée pour répondre, mais Damian saisit la balle au bond.

— Une vraie gourmande ! Je me demande comment elle peut garder la ligne avec tout ce qu'elle avale !

J'ai envie de sauter au cou de ma mère qui vient, sans le savoir, à mon secours :

— J'imagine qu'en plus, les tentations gastronomiques doivent être… nombreuses chez vous, non ?

Merci, Maman !

— Pas plus qu'ici. Personne ne cuisine aussi bien que vous, madame.

Son côté charmeur reprend le dessus et je me félicite de retrouver un sujet moins glissant. Je me concentre sur mon assiette, imperméable aux conversations alentour. Qu'est-ce que je m'imaginais ? Gérer Damian ici va être un sport de haut niveau. Peut-être que les choses seraient plus simples si je pouvais dire à mes parents que lui et moi sommes… *Mais que sommes-nous, au final* ?

— Ça va, Gaby ?

La voix de Pandore me sort de mes songes. Je lève la tête vers elle et rencontre son regard concerné. Malgré nos différends, ma sœur est adorable. Elle semble inquiète pour moi.

— Oui, merci. J'étais ailleurs.

Je tente à nouveau un coup d'œil du côté de mon voisin de table qui discute toujours gastronomie avec ma mère et ma tante Ninkasi[14]. Mince, finalement, Damian a réussi le tour de force de séduire la moitié de ma famille entre deux allusions salaces ! Il est charmant, drôle. C'est exactement ce côté de lui que j'aime.

[14] Divinité sumérienne de la bière.

Le dîner se poursuit tranquillement et je savoure le plaisir de me retrouver avec ma famille. Bien entendu, mon répit n'est que de courte durée. Au moment du dessert, Héra semble décidée à reprendre les hostilités là où elle les avait laissées avant qu'on se mette à table.

— Et donc, Gabrielle, tu vas rester ici, maintenant ? Il n'est plus question de repartir, j'imagine ?

Le bras de Damian se fige, la cuillère à portée de sa bouche. Il tourne son regard vers moi, attendant comme la déesse blonde que je donne une réponse rapide. J'essaie de lui adresser une prière silencieuse, mais le bleu de ses yeux s'assombrit au fur et à mesure que mon silence s'étire.

— Je te demande cela parce qu'Elliot ne sera pas de retour avant fin février et…

Damian laisse retomber son couvert un peu trop violemment sur son assiette, créant un bruit qui attire à nouveau tous les regards sur nous. J'ai envie de hurler sur Héra pour son manque de discrétion et son attaque à peine dissimulée. Ça ne lui suffisait pas de m'embarrasser en début de soirée en parlant d'Elliot ? Ma main attrape celle de Damian sous la table et la serre en priant pour qu'il comprenne. À cet instant, la voix de stentor de mon père coupe court à toute conversation :

— Il n'appartient pas à Gabrielle de choisir de son retour ou non. C'est moi qui commande ici. Pour le moment, ils sont là, avec nous. Ce qu'il adviendra après l'anniversaire de mon neveu n'est pas un sujet dont je veux débattre ce soir.

Un instant de silence suit la déclaration de mon père. Chacun ici sait qu'il peut être irascible, et surtout, qu'il ne porte pas Héra dans son cœur. Elle n'est que l'épouse officielle de son meilleur ami. Il n'a jamais compris leur relation et la liberté qu'a chacun d'aller voir ailleurs. Il respecte chaque Sénateur et ses croyances, fait preuve de tolérance pour tout le monde, mais ne cautionne pour autant pas tous les comportements. Or, là, Héra pousse le bouchon dans sa propre maison. Mauvais plan.

Damian

À partir de quel moment peut-on considérer que je suis déloyal envers mon Roi ? Non parce que là, tout de suite, j'ai envie de virer de bord et vouer une reconnaissance éternelle à Elohim. Y'a pas à dire, ce type sait tenir ses sujets.

À peine sa phrase lâchée que Héra se renfrogne et baisse le nez sur son dessert. *Étouffe-toi avec ton chocolat, vieille… Aoutch.* Une décharge. Je serre les dents pour qu'à mes côtés, Gaby ne se rende pas compte de ma colère ou de la douleur provoquée par le bracelet. Je reste impassible, faisant mine de me régaler avec mon flan au caramel. Et si j'imaginais que je le mange sur la tombe de l'autre… *Aoutch. OK, OK… Dans mon lit, avec Gaby à mes côtés* ? Étonnamment, ça passe. Il n'est pas un peu déréglé, ce machin ? Peu importe. Pour le moment, je me contente de serrer les dents et de sourire. Comme un abruti.

Pourtant, intérieurement j'ai juste envie de la prendre par la main et de rentrer chez nous. Ouais, j'aime à croire que c'est chez nous. Je sais pertinemment que c'est puéril.

La soirée s'achève enfin, me laissant un goût amer. Je ne m'attendais pas à passer une bonne soirée, mais j'étais loin de m'imaginer que j'allais me prendre la réalité en pleine face. Gabrielle n'est pas pour moi. Elle est déjà engagée avec un autre.

Putain.

18.
Prendre son mal en patience

Gabrielle

J’avais imaginé qu’après la catastrophe du Repas Saturnal, Damian et moi aurions une explication quant aux sous-entendus d’Héra. Mais à ma plus grande surprise, il n’a pas abordé le sujet. Je ne lui ai pas non plus posé de questions sur sa mise au point vis-à-vis de notre relation. J’ai bien trop peur d’entendre une vérité que je préfère nier.

Les jours défilent à une allure infernale. Je passe le plus de temps possible avec mon démon, délaissant mes cours et autres responsabilités sur lesquelles j'avais tenté de remettre le grappin lorsque je suis arrivée. Janvier s'écoule à une vitesse folle. Nous visitons le Royaume, partons de temps à autre en mission pour Lucifer en douce et en profitons pour nous prélasser sur les plages les plus magnifiques du monde humain. Je devrais avoir honte de prendre la poudre d'escampette pour aller batifoler aux quatre coins du monde avec Damian.

Enfin, février arrive. Et avec lui, l'annonce officielle. Mon cousin organise pour son anniversaire une réception énorme, conviant chaque âme du Royaume.

Lorsque j'ouvre l'enveloppe apportée par Iris, ce matin, j'entends déjà Damian ronchonner devant sa tasse de café.

— Oh, punaise, Gaby, pas de paillettes dès le petit-déj', s'il te plaît !

Assis sur la terrasse baignée de la douce lumière du matin, Damian et moi profitons du calme ambiant. Pandore est en formation pour la semaine, et mes parents quittent le domicile aux aurores pour assumer leurs jobs respectifs. Ainsi, j'ai tout le loisir de siroter mon café en me délectant de la vue : torse nu, les cheveux encore humides après les longueurs effectuées dans la piscine, Damian est affalé nonchalamment sur la chaise en face de la mienne. Mince, j'ai envie de tout envoyer valser pour glisser les doigts sur ses abdos si parfaits, me laisser envoûter et…

— Tu m'écoutes, mon Ange ?

— Pardon ?

Il refrène un sourire en prenant une nouvelle gorgée de café. Rouge de honte, je réalise que je suis toujours figée à côté de ma chaise, l'enveloppe à la main, mais prise en flagrant délit de matage indécent. Je bafouille comme une idiote avant de m'asseoir :

— Oui, tu disais ?

— Ce n'est pas que je n'apprécie pas de te faire perdre le fil de tes idées, mais nous ne sommes pas supposés rendre ton père barge en nous faisant choper à baiser sur la terrasse. Alors, revenons-en à ton enveloppe de gonzesse, si tu veux bien.

Pff, quel préjugé. OK le papier est d'une jolie teinte vieux rose, mais… bref. Je lui tire la langue et ouvre la lettre. Le papier pastel assorti à l'enveloppe me donne immédiatement le sourire. L'invitation de Val. Rien de nouveau, comme tous les ans, le dress code est annoncé, les instructions claires. Mais cette fois, une petite carte accompagne le faire-part officiel.

Salut, Gaby !
Alors, ce démon ? Canon ou pas ?
Et te laisserait-il tranquille quelques heures par jour pour m'aider à organiser ma petite fête ?
Tu me manques, ma cous'.
Love ya, Val.

Je souris en lisant les mots de Valentin. Lui et moi avons toujours été proches, mais notre relation s'est renforcée lorsque Lucifer est parti. Il a pris le relais dans le rôle du grand frère protecteur et du confident. C'est lui que j'appelle à la rescousse chaque fois que j'ai un souci. Et bien entendu, c'est lui que j'ai appelé en premier lorsque nous sommes revenus. Nous communiquons principalement par messages. Val est débordé avec la gestion de son département. Depuis que je connais Damian, je comprends mieux pourquoi. Cela doit être compliqué de résoudre tous les problèmes et les tensions que peuvent générer les tentateurs envoyés par mon frère.

D'ailleurs le plus doué d'entre eux pose maintenant ses mains sur mes épaules, pour les masser lentement.

— Qu'est-ce qui te donne le sourire comme ça ?

Puis il se penche et me chuchote à l'oreille :

— Une feuille de permission accordée par Papa ?

Ses doigts remontent vers ma nuque et tracent de petits cercles à la naissance de mes cheveux relevés. Instinctivement, je baisse le menton pour l'inciter à continuer son massage improvisé. Les yeux fermés, je lève le bras pour lui tendre le faire-part, me gardant bien de le laisser lire la note qui l'accompagne. Mais c'est sans compter sur la perfidie démoniaque de Damian qui, délaissant ma peau, s'agenouille à côté de ma chaise et s'empare du carton sans me laisser le temps de réagir.

— Eh !

— Alors, réponds ! Canon ou pas ?

J'essaie de le fusiller du regard, mais mes yeux trouvent les siens et je perds toute crédibilité en un quart de seconde.

— Eh bien…

Damian pose sa main sur ma cuisse et remonte sous ma jupe. Il approche ses lèvres des miennes et je me délecte déjà du baiser promis, mais il interrompt son geste, m'arrachant un grognement de frustration.

— Alors ? Canon ou pas ? murmure-t-il.

Sa main atteint enfin son but. Je m'en veux d'être aussi esclave de mes instincts. Chaque parcelle de mon corps ne vit que pour des instants tels que celui-ci où plus rien ne compte à part lui. N'y tenant plus, je pose ma main sur sa nuque pour planter mes lèvres sur les siennes. Un simple baiser qui suffit à me faire perdre la tête. Tandis que mes cuisses s'écartent un peu pour inviter sa main à continuer sa course, je me mords la lèvre avant de lui répondre :

— Oui, canon. Mais pas que.

Damian

Punaise, je m'étais promis de ne pas céder. Mais avouez qu'il faudrait être un saint pour rester de marbre ! Alors, ni une ni deux, je me redresse et la tire par la main pour l'entraîner à l'intérieur de la maison. Mon cerveau tourne à plein régime pour trouver l'endroit le plus adapté pour cacher nos ébats. Nos pas nous conduisent instinctivement jusqu'à la chambre que j'occupe, celle de Lucifer. *Dormir dans son lit, bon OK. Mais y amener sa sœur ?* La demoiselle se pose beaucoup moins de questions que moi et à peine a-t-elle refermé la porte qu'elle récite quelques mots en latin tout en se débarrassant de sa robe.

— Voilà, la porte est scellée et insonorisée.

Gabrielle se jette à mon cou sans me laisser le temps de répondre. De toute manière, c'est fichu. Ma raison s'est fait la malle à l'instant où j'ai senti sa bouche contre mon cou. Presque fébrilement, je me déshabille à mon tour. Lorsque nous sommes enfin nus, Gaby enroule ses jambes autour de moi, s'agrippant à mon corps comme si sa vie en dépendait tandis que je la plaque contre le mur derrière elle. Je crois que je pourrais rester là, à l'embrasser jusqu'à la fin des temps. Mais Paillettes ne l'entend pas de cette oreille. Elle met fin à notre baiser pour me demander de lui faire l'amour.

Je la porte jusqu'au lit et je la dépose sans ménagement sur le matelas. Allongé au-dessus d'elle, je lui laisse encore les secondes nécessaires pour changer d'avis. Est-ce qu'elle a conscience que nous sommes en train de briser toutes les règles de bienséance, là ? Si jamais elle se ravise, je ne pourrais pas lui en vouloir. Mais une fois de plus, elle prend les devants en soulevant son bassin contre le mien :

— Je te jure Démon que si tu me forces à te supplier, ça va barder. Ça fait des jours que je n'attends que ça.

— Tes désirs sont des ordres, mon Ange.

Au moment où j'entre en elle, j'ai presque envie de soupirer d'aise. Je me sens enfin apaisé. Il ne lui faut que quelques secondes pour gémir mon prénom et je vous assure qu'il me faut redoubler d'efforts pour ne pas jouir comme un ado au bout de trente secondes rien qu'au son de sa voix. Gaby me semble tout aussi fébrile que moi puisque rapidement, je la sens se resserrer autour de mon sexe, signe évident de l'orgasme qui la submerge.

Et le mien ne tarde pas à venir également. Nous avons passé des années à faire l'amour plusieurs fois par jour, aussi j'imagine que ces semaines sans même un câlin ont eu raison de notre endurance.

C'est certainement notre plus pathétique performance, mais aussi la plus hot. Bordel, je la fais crier dans le lit de son frangin !

Loin de culpabiliser, je réitère mon coup. Trois fois.

19.
Saint-Valentin et conséquences

Damian

— Bordel, mais je ne trouve pas le trou !

— Non, mais ça va pas ? Ne parle pas comme ça, on n'est plus dans ta tanière, Damian !

Ma quoi ?! Merde, je savais que c'était une idée à chier. Mais, comme chaque fois, la jolie blonde a réussi à me retourner le cerveau pour me faire collaborer à ce plan à la noix. Elle s'est mis en tête de me faire accepter par ceux qu'elle appelle gentiment « les Célestes » en me faisant travailler sur la politesse. Moi, j'aime toujours autant les nommer en utilisant une expression beaucoup plus imagée, avec un balai. Or, vu le regard noir qu'elle me lance à chaque fois que j'en parle, je préfère m'abstenir. Parce que cette jolie petite bouche à la moue adorable me refuse ses faveurs si elle estime que je manque trop de respect à son monde.

Alors me voilà, planqué dans sa chambre rose bonbon, à tenter de faire entrer cette minuscule tige en argent dans l'orifice de son lobe d'oreille. Moi qui fais trembler la moitié des Enfers, j'en suis réduit à aider un ange effronté à enfiler ses boucles d'oreilles. Et cerise sur le gâteau, je me fais enguirlander par la belle !

Gaby est surexcitée par cette journée. Ça fait des jours qu'elle en parle, à grands coups de comparaisons et de photos tirées de son portfolio. J'aime cet enthousiasme débordant. J'adore voir ses joues rosir sous l'effet de l'émotion. Mais j'aime surtout quand c'est moi qui la fais rougir ! Pour flatter mon ego, une fois cette satanée boucle d'oreille attachée, je dépose quelques baisers sur sa nuque gracile, en passant mes paumes sur son ventre. Je l'entends soupirer lorsqu'elle pose ses mains sur les miennes et j'imagine ses yeux se fermer, prête à succomber… Mais je grogne de frustration quand elle se détache de moi.

— Damian, arrête un peu.

Cette fois, je commence à perdre patience.

— M…, me rattrapé-je en voyant son air courroucé. Gabyyy ! Ta fête, là, c'est bien censé être celle de l'Amour ?

Elle croise les bras, un air suffisant sur le visage.

— Oui, c'est bien cela. Une fête pour *célébrer* l'amour ! Pas pour faire des cochonneries sous le toit de mes parents !

J'aimerais lui rappeler ce que nous avons fait il y a quinze jours, dans la chambre de son frère. Mais elle ne semble pas encline à adhérer à mon humour. Elle porte un grand intérêt à cette fichue fête de l'amour. L'amour… Le petit caillou sur notre chemin. Parce qu'un démon n'est pas fait pour aimer.

Lorsqu'elle me regarde comme ça, avec ses grands yeux noisette, je me surprends à ressentir une pointe d'amertume. Au départ, j'ai accepté de bien me tenir pour ne pas contrarier son frère. Il est déjà bien assez énervé contre moi. De son côté, j'imagine aisément que c'est non sans fierté qu'elle est remontée ici en me traînant derrière elle pour que je sois le porte-parole de sa réussite aux Enfers. Oh, nous nous sommes bien gardé de révéler ce à quoi nous avons occupé la majeure partie de nos journées.

Et de nos nuits. D'accord, son père est magnanime et l'avoir invitée à revenir au bout de quelques années pour célébrer l'anniversaire de son cousin était une manière détournée de faire la paix avec Gabrielle. Mais je n'ose pas imaginer sa réaction s'il savait ce dont je rêve la nuit, après ces années à ses côtés.

Je pensais l'avoir rien que pour moi encore un moment. Alors certes, entendre Lucifer hurler à tout bout de champ au moindre retard, ça devenait irritant. Mais au moins, enfermés dans mes appartements, il n'y avait qu'elle et moi. Et ça devait durer deux siècles ! Un battement de cils pour des êtres comme nous, mais je m'en serais contenté. Je serais passé à autre chose, enfin je crois… *Merde, ressaisis-toi ! Bien sûr que tu serais passé à autre chose* ! Là, j'ai l'impression qu'on m'a lésé sur une partie du contrat. Après tout, peut-être que ce n'est que justice ? Parce que, moi aussi, j'ai fait une entorse aux règles…

Gabrielle

Je me sens mal. Ce n’était pas une bonne idée. Maintenant que je le vois dans son smoking tiré à quatre épingles, je sais que je ne pourrais jamais résister à l’envie de me rapprocher de Damian durant cette soirée. Mince, il est canon, et il le sait, cet idiot !

J’ai dû développer une volonté sans pareille pour ne pas céder à ses avances pendant que je finissais de me préparer. Parce qu’il est comme ça, Damian… La vie est un jeu pour lui. Il ne prend rien au sérieux. Alors mes doigts se crispent sur ma flûte en le voyant sourire à quelques mètres de moi. Les mains dans les poches, le dos droit, il semble tout à fait à sa place, à l’aise même au milieu des Célestes. Sauf que ce sourire, je le voudrais pour moi. Pas pour cette cruche de Pandore ! Je me morigène intérieurement de mon manque de gentillesse envers la belle brune quand une main posée sur mon épaule me fait sursauter.

— Gabrielle ! Tu es là !

J’essaie de faire bonne figure devant le roi de la fête. Mon cousin Valentin, un mètre quatre-vingt-dix de muscles, une peau sombre et un sourire enjôleur. Alors qu’il pourrait être vaniteux, il s’amuse de voir ce que les humains font de lui en le représentant comme un angelot blanc potelé. Il continue de semer de l'amour dans leurs vies, en échange d'une journée par an dédiée à sa célébration. Valentin est l'un des rares parmi nous à avoir droit à cet honneur. J'en suis heureuse pour lui, et tous les ans, c'est avec joie que j'assiste à la fête grandiose organisée pour son anniversaire. Du moins, avant que je ne me retrouve exilée… Dieu merci, me revoilà. J'ai même amené ma pierre à l'édifice cette année. Grandes tentures blanches, des roses rouges par milliers, du champagne qui coule à flots, les meilleurs compositeurs classiques lui dédiant leurs œuvres les plus douces… C'est sans conteste la fête la plus réussie de l'année. Si on exclut Noël.

Il m'enlace, manquant presque de m'étouffer.

— Salut, Val' !

— Ce que tu m'as manqué ! C'est bien joli les mails et la visio, mais ça ne remplace pas les câlins, hein ?

Lorsqu'il me relâche, il me fait une petite grimace dont lui seul a le secret.

— Et merci d'avoir géré. C'est la folie sur Terre en ce moment et j'avais vraiment besoin de t'avoir sur place pour superviser… Tout ça, ajoute-t-il en désignant le décor autour de nous. J'espère ne pas avoir trop empiété sur ton agenda personnel ?

— Tu parles ! Je n'ai pas grand-chose à faire pour le moment. Je n'aurais pas voulu rater ton anniversaire une fois de plus et je suis contente d'avoir pu aider.

— C'est merveilleux. Merci. J'ai bon espoir de voir ton père changer d'avis pour te laisser revenir définitivement. Tu es venue avec un ami que je ne connais pas, il me semble ? J'en ai entendu parler après les fêtes Saturnales. Il a fait grande impression, paraît-il.

Un ami… Est-ce que je considère Damian comme un ami ? À quel moment ai-je cessé de le voir comme l'ennemi ? À quel moment suis-je devenue l'imbécile qui a envie de faire avaler son petit-four à Pandore jusque parce qu'elle rit à gorge déployée devant *mon ami* ? Non, définitivement, Damian n'est pas mon ami. Il est largement plus que cela.

C'est pour cela que je tenais tant à accepter l'invitation de mon père. J'ai toujours rêvé de venir à cette fête au bras de l'homme que j'aime. Parce que même si le sexe n'est pas interdit ici, il reste tout de même légèrement tabou. Pas de relation extra-conjugale au Royaume Céleste ! On badine, mais guère plus. Alors, moi j'ai souvent espéré pouvoir venir avec mon prétendant officiel, pour comprendre la vraie signification de la fête de l'Amour. Avoir cette chaleur au creux de l'estomac lorsqu'il vous observe. Sentir des papillons s'envoler lorsqu'il murmure votre nom jusqu'au bout de la nuit tout en vous mordillant la peau du cou parce qu'il sait que…

Stop ! On se ressaisit, Gaby !

Valentin me regarde avec un air étonné, attendant que je lui apporte une explication au lieu de rester coite. À l'instant où je m'apprête à lui donner une réponse toute faite, mon cœur fait un bond. Damian se tourne enfin vers moi et, d'un simple sourcil relevé, il met le feu à mon esprit. À mes côtés, Valentin se met à rire.

— Oh, je vois.

— Comment ça, tu vois ?

— Gabrielle ! Voyons ! Pas à moi !

Il dépose un dernier baiser sur ma joue avant de disparaître dans la foule des invités. Lorsque je reporte mon attention du côté du buffet, plus une trace de Damian ou de Pandore. Mince ! J'essaie de paraître la plus calme possible en parcourant l'assistance à la recherche de mon Démon. Alors que je commence à trépigner d'anxiété — et je dois dire, de jalousie — dans un coin de la pièce, je sens une main prendre la mienne et m'attirer derrière une colonne imposante. Avant que je n'aie le temps de protester, cette même main se saisit de la flûte que je tiens pour la balancer je ne sais où, tandis que l'autre se glisse sur ma nuque. La voix chaude et rauque de Damian me souffle à l'oreille :

— Je veux ma récompense. Maintenant, mon Ange.

Damian

Merde… Lucifer ne m'avait pas menti. Lorsqu'ils s'y mettent, les Coincés du fion sont les champions question mièvreries. J'ai toujours pensé que les humains étaient de grands malades de coller des décos multicolores partout à chacune de leurs stupides célébrations. Maintenant, je sais de qui ils tiennent ça ! Plus cliché, tu meurs ! Des roses, les fleurs les plus barbantes de la Création, du blanc à perte de vue… Même le buffet est à mourir d'ennui ! Bon, je dois avouer qu'ils ont bien fait de jouer la carte des invités sur leur trente-et-un. J'aime évoluer au milieu de gens civilisés, ce n'est pas toujours le cas, en bas. Mais aucune de ces femmes n'est plus belle que ma Gaby. Elle a choisi une robe blanche bien entendu, vaporeuse à souhait, nouée sur une épaule avec une sorte de broche assortie à la ceinture. Une robe simple, qui me rappelle une princesse grecque que j'ai… Bref. Ses cheveux relevés et les fameux anneaux aux oreilles qui dansent à chacun des mouvements de sa tête finissent de me rendre dingue. Alors tout en essayant de faire des sourires polis à la grande brune qui n'a pas l'air décidée à me lâcher la grappe, je garde un œil sur mon Ange. Oui, *mon* Ange. Elle est à moi. Qu'elle le veuille ou non. Mon estomac se noue face à ce constat. Je sais parfaitement pourquoi je n'aborde pas ce sujet avec elle. Je ne suis pas prêt à accepter son refus. Alors, tel un homme des cavernes décérébré, je profite de chaque petite miette de son attention. Et clairement, de la voir sourire à ce grand dadais noir au physique de mannequin pour sous-vêtements fait ressortir le pire en moi. J'ai juste envie de le frapper. Est-ce déplacé de lui péter les dents au milieu d'une réception ? Certes, chez moi il n'y aurait pas grand monde pour s'en formaliser, du moment qu'on ne sabote pas le buffet. Mais ici...

Peu importe, je connais un autre moyen d'évacuer mes frustrations et de rassurer mon ego.

Alors que ma jolie blonde semble me chercher des yeux, j'attends patiemment qu'elle soit à bonne distance de la foule, dans un coin de la salle pour l'attirer à l'abri des curieux. Le petit cri de surprise qu'elle pousse fait courir un frisson de plaisir le long de mon échine. *Oh, ma douce Gaby*... Lorsque je lui murmure à l'oreille, son corps réagit instinctivement et je sais qu'elle est aussi impatiente que moi.

Bloquant son corps contre l'immense colonne en marbre, c'est avec délectation que je caresse sa cuisse, laissant ma main remonter jusqu'au bord de sa culotte en dentelle. Elle semble réceptive puisqu'elle enroule ses bras autour de mon cou. Je pourrais la prendre là, au milieu d'une réception chicos chez les Coincés. Le démon que je suis serait extatique à l'idée de la faire jouir au nez et à la barbe des siens, tellement enfermés dans leur carcan d'apparente bienséance. Mais en la voyant haletante, prête à céder à la moindre de mes volontés, je me rends compte de mon égoïsme. Je ne peux pas. Pas ici, pas comme ça.

En marmonnant une flopée d'injures entre mes dents, j'attrape une nouvelle fois la main de Gabrielle pour la sortir de cette salle. Je vais bien finir par trouver… Contre toute attente, mon bel Ange tire mon bras dans la direction opposée.

— Attends, viens par là.

Elle m'attire dans un petit bureau assez exigu. Je ne prends pas le temps de regarder autour de moi, tout ce que je remarque, c'est qu'il y a une porte, qui nous garantit un minimum d'intimité. Ma douce semble sur la même longueur d'ondes, puisqu'elle saisit mon satané nœud papillon qu'elle a mis une éternité à nouer et le détache sans le moindre scrupule. Elle déboutonne ma chemise à une vitesse folle, ses longs doigts s'activant avec une dextérité épatante. Mais ce sont ses mots qui mettent le coup de grâce à toute ma bonne volonté de retenue alors qu'elle s'attaque à ma ceinture :

— J'aurais aimé lui faire bouffer un cactus par le nez, à Pandore, s'insurge-t-elle en plantant son regard dans le mien. Ne me laisse plus jamais de côté, Damian. Plus jamais.

Bordel. J'aime son côté possessif. Et en moins d'une seconde, j'oublie tout. J'oublie que pour elle, ce n'est qu'un jeu, un moyen de faire enrager son père. J'oublie le désespoir qui m'envahit quand je songe que tout cela finira bientôt. J'oublie tout quand elle enroule ses jambes autour de moi et que je m'enfonce en elle. Pas besoin de Paradis. Moi j'ai Gabrielle, ma Paillette, mon Ange, et c'est tout ce dont j'ai rêvé. Et enfin, je comprends la signification de toute cette mascarade de la Saint-Valentin : prouver son amour à la personne qui compte le plus dans notre vie. Et sans vraiment réaliser pourquoi ni comment, alors que je continue à lui faire l'amour sur le plateau d'un quelconque bureau en plein territoire ennemi, je lui dis la première chose qui me passe par la tête à ce moment-là :

— Je t'aime, Gabrielle.

20.
Bravo, Gabrielle !

Gabrielle

Trois petits mots. Il aura suffi de trois petits mots pour que Damian ruine tout. Malgré la boule de chaleur que je sentais monter en moi, tout à coup je me sens vide. Je me fige sur place, les yeux plantés dans son regard si bleu.

— Pardon ?

Je détache mes jambes de sa taille pour essayer de retrouver une contenance en ayant les deux pieds sur terre.

Je rajuste ma robe, attendant qu'il s'explique. Mais il reste là, à me regarder avec ses grands yeux de chien battu. Il passe ses mains dans ses cheveux et l'évidence me percute de plein fouet. Il a cru me faire plaisir en me faisant une déclaration « de circonstances ». Il a certainement imaginé qu'en ce jour de Saint-Valentin, j'avais besoin d'entendre des mots doux. Et qu'est-ce qu'il y connaît, lui, en mots doux ? Il a donc cru bon de jouer avec mes sentiments. Il ne peut pas comprendre le coup de poignard que je ressens. Il ne saura jamais ce que ces mots représentent. Parce que je dois être honnête avec moi-même. J'ai échoué. Lamentablement. J'avais juré devant l'Éternel que je pouvais être forte, même au milieu des Enfers. Mais ça, c'était avant Damian. Ce qui a commencé comme une aventure purement physique s'est changé au fil du temps. J'ai besoin de le voir, de le sentir à côté de moi. Il me rassure, me soutient même. Alors, me prendre en pleine figure la réalité de nos différences, c'est un véritable cauchemar. Devant son absence de réaction voire même la gêne qu'il ressent, c'en est trop. Je ravale les morceaux de fierté qu'il me reste et sors de la pièce. Je claque la porte et pars en courant.

Les larmes me brouillent la vue. Je serais bien incapable de dire comment je me suis retrouvée dans les jardins de Gaïa. Mais me voilà, accroupie entre deux hortensias, à sangloter comme une enfant. Les genoux ramenés contre ma poitrine, je laisse libre cours à mes pleurs. *Ce que tu peux être idiote, ma pauvre Gaby ! Tu as joué, tu as perdu.* Ce n'est que lorsque la lumière commence à baisser que je réalise que je suis certainement là depuis des heures. Les membres ankylosés, j'essaie de me relever. J'imagine mal comment je vais pouvoir regagner mes appartements sans croiser personne. J'essuie tant bien que mal les sillons laissés par mes larmes et mon maquillage du revers de la main. *Respire, Gabrielle.* Une… Deux… Trois. Trois grandes respirations plus tard, je parviens enfin à reprendre le dessus et à marcher jusqu'à la maison déserte.

Arrivée devant ma porte de chambre, la main posée sur l'or froid de la poignée, mon cœur se serre une nouvelle fois. Je sais pertinemment que je vais trouver une chambre vide. Au mieux, j'aurais le droit à un cliché digne des romans que j'adore lire et trouverai une lettre posée sur mon lit. Ma tête me dit que c'est pour le mieux, tandis que mon cœur crie à l'injustice. Mais c'est tout mon être qui se tend quand, en ouvrant cette maudite porte, je vois Damian assis sur un fauteuil, la cheville droite sur son genou gauche, et le regard fixé sur la fenêtre face à lui. Le tressaillement de son pied me laisse croire qu'il n'est pas serein. J'en ai la confirmation lorsqu'il tourne la tête au son de mon arrivée. Son visage change du tout au tout, et c'est d'un air soulagé qu'il se lève pour venir à ma rencontre :

— Merde, Gaby ! Tu m'as fait peur ! T'étais où, bordel ?

En le voyant, on pourrait presque croire qu'il s'inquiète pour moi ? D'un mouvement de pied, je me débarrasse de mes escarpins que j'envoie balader sans prendre la peine de les ranger.

— Ça va, je suis chez moi. Que veux-tu qu'il m'arrive ? Si j'ai vécu aux Enfers sans finir découpée par un taré, je te jure que rien ne peut m'arriver dans les jardins de Gaïa !

J'aimerais me mettre des baffes d'être aussi froide. Après tout, qu'a-t-il fait pour mériter mon courroux ? Je me décide à le regarder dans les yeux. Mauvaise idée. Parce que, non contente de me perdre dans ces prunelles océan, tout ce que j'y lis me bouleverse. J'y vois la claque magistrale qu'il a dû prendre lorsque je l'ai planté là, l'inquiétude devant les heures qui défilaient sans que je revienne… Et pendant une seconde, une toute petite seconde, je me pose enfin la question. Et s'il avait été sincère ?

Avec une certaine hésitation, il lève la main et attrape doucement une mèche de mes cheveux. Je me maudis intérieurement de ne pas avoir trouvé plus glamour comme cachette pour me lamenter qu'un stupide jardin ! Je dois avoir l'air d'un épouvantail, avec les cheveux dans tous les sens ! Il replace ladite mèche derrière mon oreille avec un petit sourire. Pas ceux qui font trembler la moitié des Enfers, pleins de fiel. Non, un de ceux auxquels je ne sais jamais résister. Un vrai sourire, doux, confiant. Sans un mot, il dépose un baiser chaste sur mes lèvres.

Alors qu'au fond de moi, je me sens prête à lui ouvrir mon cœur, la voix de mon frère résonne derrière Damian :

— Bon ! On y va ?

Au moment où je réalise ce qu'il se trame, Damian acquiesce. Il me caresse une dernière fois la joue puis rejoint Lucifer, quelques mètres plus loin. Tout en me fusillant du regard, mon frère claque des doigts et fait disparaître Damian avant que je puisse protester.

— Lucifer, attends !

— Quoi ?!

Je suis peu habituée au ton rude qu'il emploie pour me répondre. Quoi que je fasse, Lucifer est toujours tendre avec moi. J'ai toujours été sa préférée. Alors le voir ainsi, les épaules droites et l'air furibond, est une première pour moi. Par-dessus tout, c'est son silence qui me fait mal.

— Pourquoi… Enfin, qu'est-ce que tu fais là ?

— Visiblement, je rattrape tes conneries, Gaby.

— Mes conneries ?

Lucifer pousse un grognement excédé en se frottant le menton.

— Je ne sais pas ce que tu lui as fait, mais il était vraiment mal. Alors, il m'a appelé pour venir le chercher.

Quelle idiote ! Il lui est impossible d'utiliser ses pouvoirs, ici. S'il est resté…

— Mais il ne voulait pas s'en aller tant que tu n'étais pas revenue. Il voulait même partir à ta recherche. Je l'en ai dissuadé. T'imagines la tête du Paternel en voyant un démon farfouiller partout ? Surtout en expliquant qu'il a perdu ta trace ?

Je n'ai pas songé à tout ça. J'imagine que j'ai passé trop de temps aux Enfers. En bas, nous n'avions de compte à rendre à personne, hormis Lucifer. Mais ça a été si facile de le convertir à notre cause… Sauf que là, devant son regard noir, je ne suis plus si certaine d'avoir son aval.

— Je t'avais prévenue, Gaby. C'était une mauvaise idée.

— Ce n'était pas une *idée*, Luc'.

Voilà que je me mets à parler comme Damian ! Un petit rire m'échappe devant cette constatation. Je croise les bras et avance un peu plus vers mon frère, en essayant de trouver les mots justes.

— Écoute… Je ne sais pas quoi dire, Lucifer. Mais j'ai commis une erreur. J'ai besoin de la réparer. S'il te plaît ?

J'esquisse même un sourire, tentant de prouver ma bonne foi à mon frère. Mais malgré tout l'amour que je lis dans son regard qui s'adoucit, il fronce du nez et s'excuse avant de disparaître à son tour.

Me voici à nouveau seule, dans une chambre où tout m'indiffère. Tout ce que je veux maintenant, c'est être avec Damian.

21.
Et maintenant ?

Damian

Je serre les dents pour ne pas balancer tout ce que j'ai sous la main à ce grand con de Lucifer qui braille à travers la chambre.

— Allez, Damian ! Réagis bordel ! Sors de ce putain de lit !

Malgré moi, j'entends la voix douce de Gaby dans mon esprit embrumé par l'alcool. J'essaie d'ouvrir un œil, puis le second pour discerner avec une déception non dissimulée le visage de mon meilleur pote. Malgré la migraine qui me broie le crâne, j'essaie de lui répondre de manière intelligible.

— Ne jure pas autant, Luc'...

Alors qu'il s'apprêtait à tirer sur ma couette, il suspend son geste. Il lève les yeux au ciel et marmonne quelque chose à propos de mauvaise influence, et finalement m'arrache l'édredon que j'essaie tant bien que mal de retenir. Peine perdue ! Fier de lui, il reprend son petit monologue :

— Je t'ai laissé une semaine. Maintenant, tu dois reprendre le boulot. J'ai une tonne de missions qui t'attendent ! J'ai eu des idées de folies pendant que tu…

Il s'interrompt au moment où je daigne enfin me lever du lit. Enfin, me lever… J'ai plus l'impression de m'extirper de là comme un vieux mollusque asthmatique. Je dois dire que vu les quantités d'alcool que j'ingurgite depuis six jours, c'est un miracle que je tienne encore debout. J'ai toujours été un grand amateur de bourbon. Mais cette semaine, je crois que j'ai explosé tous les records en matière de beuveries et d'excès en tout genre. Enfin, en tout genre… Le décor vacille autour de moi durant de longues secondes. Il faudra que j'en touche deux mots à Zemus. La moindre des choses lorsqu'on se saoule aux Enfers, c'est d'arriver à le faire avec classe ! Si c'est pour me taper la gueule de bois, autant le faire à l'ancienne et filer dans un bar sur Terre. Là, au moins, il n'y aura rien pour me rappeler…

— … Gabrielle.

Mon attention se fixe à nouveau sur mon boss. Les mains sur les hanches, les jambes écartées, il ne semble pas disposé à m'accorder les quelques secondes de répit que mon cerveau quémande.

— Quoi ?

— Je disais qu'on va devoir adapter le matériel !

Ah. Oui. Sa nouvelle idée géniale pour tenter encore plus ces satanés humains. Je me souviens vaguement que lorsque je suis revenu — seul —, il m'a expliqué que le meilleur moyen de tourner la page était de me remettre au boulot rapidement. Connaissant mon goût pour les jolies filles rougissantes, il s'est donc mis en tête de m'envoyer en mission. D'après lui, il y a un énorme potentiel « lecture » en ce moment. Les romances font fureur et il veut… D'ailleurs je ne sais même plus ce qu'il veut. Enfin, un truc qui doit nous rendre populaires et faire enrager son Père. Comme toujours.

Il y a quelques mois, j'aurais adoré. Aller m'encanailler au milieu de ces petites humaines prêtes à tout pour passer du temps dans mon lit et ainsi augmenter la liste des pécheurs potentiellement admissibles aux Enfers m'aurait ravi. Mais aujourd'hui, rien que l'idée m'ennuie profondément. Parce que la seule chose à laquelle je pense, c'est que j'ai envie d'entendre Gabrielle enguirlander son frère qui jure trop. La voir froncer le nez devant le tas de linge sale que je laisse traîner au pied de mon lit. J'ai envie de sourire sous la douche en entendant ses pas légers sur le carrelage lorsqu'elle vient me rejoindre en rougissant. J'ai besoin d'elle, tout simplement. Devant ce constat déprimant, je pousse un grognement de frustration en me dirigeant vers la salle de bains. J'entre dans la cabine et ouvre le robinet à fond, sans prendre la peine d'attendre que l'eau ne chauffe. Le torrent d'eau glacée qui s'abat sur ma nuque a au moins le mérite de me sortir de ma torpeur. Mais je sursaute lorsque j'entends la voix de Lucifer qui poursuit ses explications :

— … j'ai donc pensé que…

— BORDEL LUC' !! hurlé-je malgré moi, irrité qu'il m'ait suivi jusque-là. DÉGAGE, MERDE !!

Il lève les mains en signe de reddition.

— OK, OK, détends-toi ! Je ne vois pas pourquoi tu t'énerves.

— Je m'énerve parce que je suis à poil sous ma douche et que même là, tu ne me lâches pas !

Malgré la buée qui commence à se former sur la vitre, je sais pertinemment qu'il roule des yeux de manière théâtrale. Toute cette histoire le gonfle depuis le premier jour, il l'a assez rabâché.

— Je te rappelle que, étant donné le nombre d'orgies auxquelles nous avons participé, j'ai vu ta queue presque aussi souvent que la mienne. Alors j'aimerais bien savoir ce qui te gêne.

Ce qui me gêne, mon cher Lucifer ? Ce n'est pas que tu me voies dans le plus simple appareil... c'est que tu devines mes larmes à travers les gouttes d'eau.

Gabrielle

Il m'a fallu tout le courage possible pour expliquer le départ de Damian à mes parents. Il est totalement inenvisageable de leur avouer que j'ai vrillé lorsque, en plein ébat sexuel, il a décidé de me dire qu'il m'aime. Non, j'ai bafouillé quelque chose à propos de son ennui et de responsabilités à reprendre en main.

Je suis restée chez moi. J'ai tenté de retrouver le train-train de ma vie d'avant. Mais c'était comment, *avant* ? Est-ce que tout était déjà ainsi, sans saveur et sans intérêt ? Je ne suis plus qu'une coquille vide qui se laisse porter. Les jours deviennent des semaines… et pas de nouvelles de Damian. C'est fini.

22.
Retour à la case départ

Gabrielle

J'en ai presque mal aux joues, à force de plaquer un sourire sur mon visage. J'écoute pour la millième fois ma mère s'extasier sur mon retour devant ses amies. À croire qu'elle a décidé de faire venir tout le Royaume Céleste à la file indienne pour leur vanter mes exploits. « Et regardez comme elle a maigri », « et j'ai bien cru ne jamais la revoir », « bien entendu, mon époux avait donné des ordres à Lucifer », bla-bla-bla. Je ne peux m'empêcher de rouler des yeux en entendant sa dernière tirade. *Des ordres ? À Lucifer ? Laisse-moi rire ! Déjà, lorsqu'il vivait encore ici, personne n'arrivait jamais à le faire ranger ses affaires, alors lui donner des consignes sur comment gérer son propre Royaume ?* Clairement contrariée de m'entendre ainsi soupirer, ma mère me lance un regard noir. Bien trop polie pour me reprendre devant son amie, elle se contente de me menacer de son sourcil relevé.

Je me redresse sur ma chaise, essayant tout de même de garder une posture convenable à table, malgré ma folle envie de me sauver en hurlant. Un coup d'œil rapide à la pendule me laisse entrevoir encore de longues minutes de calvaire. Je ne crois pas si bien dire…

Au moment où ma charmante mère ouvre la bouche pour continuer ses lamentations sur mon pauvre sort, la cloche de la porte d'entrée se met à tinter. Et c'est avec horreur que j'entends la voix nasillarde d'Héra résonner dans le couloir :

— Lilia ! Lilia, ma chérie, tu es là ?

Comme un petit chien de concours, ma mère se met à s'agiter sur sa chaise, brûlant d'impatience. J'ai toujours été interloquée par la manière dont elle peut se plier en quatre devant cette femme. Mince, après tout, c'est son époux qui est en poste, pas celui de cette blonde énervante !

Héra a toujours été, disons… exubérante. Elle fait partie de ces femmes qui adorent attirer l'attention. Comble de tout, elle n'a même pas besoin de lever le petit doigt ! Grande, fine, des traits parfaits, une garde-robe sublime et des cheveux toujours impeccables, c'est l'exemple type de ce qui fait rêver, là en bas. Les humains semblent déterminés à représenter ceux de notre espèce comme des êtres merveilleusement beaux. Et une femme comme Héra remplit tous les critères du genre. Il faut dire que son nom était sur toutes les lèvres durant des siècles. Et ça… C'est difficile à oublier ! Qui plus est pour une personne aussi égocentrée que notre chère voisine.

Sans aucune gêne, la voici qui s'installe en face de moi, sur la place laissée libre par Pandore, qui s'est empressée de se lever en entendant la voix haut perchée de la blonde. J'aimerais tant pouvoir exprimer mon dégoût devant tant de mièvreries, mais une fois encore, le regard noir de ma mère me met en garde. Je dois donc prendre mon mal en patience, et sourire, encore et toujours.

Et alors que je me dis que plus rien ne peut m'arriver, que cette fois, les Parques ont tellement merdé dans mon tissage que j'ai atteint la limite de ce que je peux endurer, la cloche résonne à nouveau. Frappant des mains, Héra me met le coup de grâce en minaudant :

— Ooohhh ! Enfin, le voilà, le plus beau !

Mon cœur cesse de battre lorsque le nouvel arrivant passe la porte. Elliot. Le fils de cette très chère Héra. Et accessoirement, l'homme que je dois épouser.

Ces mois de séparation n'ont pas arrangé mes affaires. Elliot est toujours aussi beau. Grand, blond avec des cheveux qui semblent perpétuellement décoiffés, ce sont surtout ses yeux qui me fascinent. Chaque fois que nos regards se croisent, je ressens ce nœud au creux de l'estomac. Ces prunelles couleur miel ont le don de me faire fondre. Elliot a tout ce qu'il faut là où il faut, et pour couronner le tout, c'est un homme particulièrement doux et attentionné. Nous avons grandi côte à côte, partageant tout. Il est certainement un de mes meilleurs amis, si ce n'est le meilleur. Pour autant, si j'avais déjà du mal à nous imaginer mariés il y a quelques mois, c'est devenu inconcevable aujourd'hui.

Or, juste avant le regrettable incident qui m'a conduite chez Lucifer, j'ai fait la plus grosse erreur de ma vie en laissant nos parents organiser cette satanée fête. Je suis maintenant officiellement fiancée. *Et dans une merde inimaginable* !

Après avoir salué ces dames ici présentes qui, bien entendu, tombent toutes en pâmoison devant cet Apollon, Elliot s'approche de ma chaise. Je le regarde avancer, le cœur battant. Au moment où il pose sa main sur mon épaule, je me lève en faisant un bruit d'enfer avec ma chaise sur le parquet. J'aimerais trouver la phrase parfaite… J'aimerais lui expliquer… Lui expliquer quoi, d'ailleurs ? Que je ne sais plus où j'en suis ? Tout ça pour les beaux yeux d'un Démon qui m'a certainement déjà oubliée dans les bras de deux ou trois Succubes aussi sexy que dévergondées ? Je n'ai pas besoin de trouver les mots. Elliot me prend tendrement la main, se tourne vers nos mères et leurs amies en leur demandant poliment de nous excuser. Puis, il m'entraîne à sa suite dans le jardin. Il ne s'arrête que lorsqu'il est certain d'être à l'abri des yeux et surtout des oreilles trop curieuses de sa mère — ou la mienne.

Lorsque je m'assois sur le banc en pierre, je sens ma gorge se nouer. Combien de fois, les fesses posées sur ce même banc, avons-nous refait le monde ? Je lui racontais mes rêves, mes envies. Je me voyais devenir la première femme Sénateur. Et ma première décision aurait été de faire reconnaître le terme Sénatrice ! Elliot m'a toujours soutenue. Il a toujours cru en moi. Même lorsque j'ai les idées les plus folles, il ne me laisse jamais douter. Cette fois encore, il me couve du regard et je me sens minable. Gentiment, il caresse ma joue avec son index et lance la conversation :

— C'est chouette de te retrouver, Gabrielle. Tu m'as manqué.

Tuez-moi, par pitié !

— J'imagine que tu as apprécié de passer du temps avec ton frère ?

Elliot sait combien il est important pour moi de pouvoir garder un lien avec Lucifer. C'est compliqué de me tenir entre mon frère et notre père. Je les aime tous les deux et je suis incapable de prendre parti. Et ça, Elliot le sait et le comprend. Je ne peux que hocher la tête, comme un pantin désarticulé.

— Et… Le reste ? Ça n'a pas été trop dur ?

Pauvre Elliot. Je dois absolument me secouer et aligner trois phrases sans bafouiller ou pleurer.

— Oui, j'ai passé des moments…

Hallucinants ? Merveilleux ?

— … intéressants.

De nouveau, un silence gênant s'installe. À mon tour, je prends la main de mon ami, pour me donner du courage autant que pour le rassurer. J'inspire un grand coup.

— Elliot, je…

Mais, à l'instant où je pense avoir trouvé la force de lui parler de Damian, la voix haut perchée de sa mère résonne dans l'allée près de nous.

— Elliot ? Mon chou ?

Je le vois rouler des yeux avant de répondre, attirant Héra dans notre direction. L'espace d'une seconde, une flamme étrange traverse son regard lorsqu'elle me fixe. Je tente un sourire qui doit plus relever du rictus, mais très vite elle reporte son attention sur son fils.

— Elliot, est-ce que tu as parlé à Gabrielle de toutes les décisions que nous avons prises pour la cérémonie ?

La cérémonie ?! Mais depuis quand on prend des décisions pour une célébration dont on n'a pas encore la date ? Dans un mouvement de tête qui fait voler ses boucles blondes parfaites, Héra reporte toute son attention sur moi pour m'asséner le coup de grâce :

— J'espère que tu as surveillé ta boîte mail durant ta petite… escapade ? Parce que nous avons fixé la date du mariage au jour de l'Équinoxe.

Juin ? Je suis censée me marier en juin ?!

Damian

Si j'ai eu la nausée devant l'aspect cotonneux et lisse du Royaume Céleste, je dois dire que je déteste encore plus l'atmosphère des Limbes. Ici, même un Démon Supérieur comme moi se sent mal. J'ai l'impression d'être entouré de vide. Rien. Nada. Et c'en est angoissant. Ici, pas de bien ou de mal. Juste le néant. D'habitude, j'évite soigneusement de mettre un pied dans ce marécage sinistre. Mais aujourd'hui, je n'ai pas le choix. Si je veux des réponses, je dois passer par ici. Je maudis intérieurement l'Irlandais et ses conseils à la con. Notre conversation ce fameux soir de fête me reste en tête.

— Ne laisse pas Héra et ses conneries t'embrouiller le cerveau, Damian.

— Je ne vois pas…

— Allez, à d'autres.

Je le suis à travers la salle, presque inconscient du monde autour. Même si je n'en ai pas le droit, j'ai envie de zigouiller cet Elliot. Je ne le connais pas, il ne m'a rien fait… Si. Si, il m'a fait quelque chose. Il m'a pris Gaby. *À mes côtés, Patrick se saisit de deux bières à la volée, sur un plateau porté par un séraphin attifé comme un pingouin et nous poursuivons notre chemin pour arriver à l'arrière de la maison. Sans un mot, j'accepte la bouteille qu'il me tend, et la cogne contre la sienne. Maigre tentative de le remercier de m'avoir tiré d'une situation qui aurait pu vite dégénérer. J'ai juste envie de brûler la moitié de la maison à cause d'Héra… Et de ma jalousie maladive.*

— Tu sais, Damian, c'est plutôt délicat, votre affaire, là.

Patrick est certainement la dernière personne à qui je pensais me confier un jour. Mais vers qui d'autre me tourner ? Lucifer ? Elohim ? Je ris tout seul devant mes inepties. Après une longue gorgée de bière, je hausse les épaules avant de répondre :

— Ouais. C'est la merde.

— Tu comptes faire quoi ?

— Que veux-tu que je fasse ? Je vais croiser les doigts pour qu'elle revienne finir son temps chez nous. Puis elle partira. Et moi, je reprendrai ma vie. C'est aussi simple que ça.

Cette fois, c'est Patrick qui se met à rire.

— Alors, là, vraiment, je suis prêt à te décerner le prix Olympien du type le moins crédible de la Création.

Délaissant le paysage, je me tourne vers lui, sourcils froncés. Les mains levées en signe de reddition, il poursuit :

— Eh, pas la peine de prendre cet air ! Je dis juste que je ne t'ai jamais vu faire quoi que ce soit pour personne. Même pas pour Lucifer. Enfin… Pas à ce point. Alors, tu devrais te poser les bonnes questions. Ou bien…

— Ou bien quoi ?

— Ou bien tu devrais aller trouver celles qui ont les réponses.

Nous nous fixons quelques secondes.

— Tu veux dire… Les Parques ?

— Ouais.

— Mais que savent-elles des Démons ou des Anges ? Elles ne sont pas censées s'occuper de nos destins, nous ne sommes pas humains.

— Bah écoute, les Démons ne sont pas censés tomber amoureux des Anges.

— Je ne suis pas…

— Oui, oui. J'ai compris. Enfin tout ce que je dis, c'est que si un jour tu as besoin de les questionner, tu sais

où me trouver. Je t'aiderai. Mais en attendant, tu dois mettre les choses au point avec Gabrielle. Et lui dire ce que tu as sur le cœur.

Patrick a le réseau de connaissances le plus étendu de tous les Royaumes confondus. Alors s'il dit qu'il peut trouver les Parques, je le crois aisément. Il vadrouille entre les mondes librement et saura sans aucun doute comment m'aider. Par contre, pour ce qui est de parler à Gaby...

Alors que je serre la main de mon ami, la voici qui s'avance vers nous. D'un coup d'œil entendu, Patrick me signale qu'il repart, me laissant seul avec la jolie blonde. L'avoir là, tout près et ne pas pouvoir la prendre dans mes bras. Ne pas pouvoir l'embrasser ni la déshabiller à ma guise... Merde, faut que j'arrête ces conneries. *Je perds la raison. Nous sommes déjà bien assez dans la mouise comme ça. C'est moi le fautif dans cette histoire. Je me suis laissé emporter par mes envies. Alors clairement, je n'ai aucun scrupule à me taper la copine d'un autre. Mais voir la peine dans ses grands yeux noisette, ça me tue. Je ne peux pas laisser la situation déraper encore plus. La mort dans l'âme, comme spectateur impuissant de la scène, je tente le tout pour le tout.* Pardonne-moi, Gaby. Mais c'est pour ton bien.

— Tu sais, mon Ange, toi et moi, ce n'est qu'un jeu. Un passe-temps. Ça ne veut rien dire.

La repousser. La forcer à s'éloigner. C'est tout ce que j'ai trouvé à faire.

Sauf que ça n'a pas marché. J'ai même vraiment merdé lorsque je lui ai avoué que je l'aimais. Oh, j'ai gagné le gros lot, hein ? Non seulement elle n'a pas répondu, mais elle s'est emportée. Mais qu'est-ce que j'imaginais ?! Et en masochiste que je suis certainement, me voilà à crapahuter dans un endroit honni, à la recherche de trois tisseuses qui ne pourront que confirmer ce que je sais déjà.

Lucifer a bien tenté de me faire changer d'idées, avant de se rendre à l'évidence. Je ne suis plus le même depuis que je suis revenu. J'ai essayé de noyer mon chagrin dans l'alcool. J'ai piqué des crises de colère terribles. Je lui ai même écrit des dizaines de messages que je n'ai jamais eu la force de lui envoyer. Alors, vous me direz, quoi de plus classique qu'un Démon tourmenté ? Or, lorsqu'il a fallu reprendre mon travail, ça a été la catastrophe. Un de mes contrats les plus faciles qui consiste à aider un chanteur plutôt populaire à écrire des chansons toujours plus torrides s'est soldé par un échec : il a fini par écrire un album presque larmoyant, plein de mièvreries. Un vrai travail d'introspection. C'est là que Lucifer s'est montré intransigeant. Il me fallait une solution, et, comme une évidence, je me suis souvenu de ma conversation avec l'Irlandais. J'ai donc appelé Patrick et, comme promis, il m'a aidé et m'a donné la marche à suivre pour obtenir une audience avec les Sœurs du Destin.

C'est quand j'ai enfin décidé d'être un homme responsable et d'admettre que je veux retrouver ma belle que le coup de massue est tombé. Alors que j'allais rendre visite à Lucifer pour l'informer de mon besoin d'aller rencontrer les Parques, je l'ai trouvé assis dans son bureau, une lettre à la main.

— Luc', j'ai besoin de ton accord pour…

L'air renfrogné de mon Roi me coupe toute envie de finir ma phrase.

— Un souci ?

Sans dire un mot, il balance sa lettre sur le bureau. Les mains moites, je m'empare du papier, pas vraiment certain d'avoir la force de le lire. Et lorsque je découvre le faire-part de mariage, mon sang ne fait qu'un tour.

— Tu sais qu'elle voudrait que tu viennes, Damian.

Cette fois, c'est à mon tour de garder le silence. Mais instinctivement, ma main froisse le papier et, énervé comme jamais, j'y mets le feu avant de la balancer dans la cheminée, pour une fois éteinte.

— Non, murmuré-je.

— Dam…

Incapable de rester calme, je me mets à hurler sur Lucifer :

— Je t'ai dit non ! Maintenant, ouvre-moi ce putain de portail pour les Limbes avant que je ne mette le feu à ton bureau !!

Pendant que je ressasse mes souvenirs, je ne compte plus les heures de marche. Et finalement, je vois au loin ma récompense. Entre les arbres et les lianes, dans la brume se détache enfin la maisonnette. Une masure qui ne paie pas de mine, mais qui abrite les trois sœurs les plus craintes. Les Parques.

J'accélère le pas et c'est le souffle court que je m'arrête devant la porte basse. J'hésite deux secondes et frappe.

C'est une voix éraillée qui m'invite à pénétrer. D'une main sûre, j'abaisse le loquet et entre. Contrairement à l'extérieur, la pièce dans laquelle je m'avance semble chaleureuse et accueillante. Digne d'un chalet cossu, le décor fait presque exclusivement de bois dénote tant avec la végétation humide et repoussante de la région. Assises face à la cheminée et au feu crépitant, les trois occupantes de la maisonnette me fixent, tout sourire. Enfin, me fixent… C'est surtout vrai pour celle qui porte l'œil. Le seul qu'elles possèdent pour trois. C'est presque plus glauque visuellement que ce que je m'étais imaginé ! Entre leurs mains pourtant, elles ont chacune un ouvrage de broderie. *Le destin de quelqu'un, quelque part*, me souffle une voix au fond de moi. C'est la petite rousse toute potelée, à droite, qui m'adresse la parole en premier :

— Eh bien, tu en as mis du temps. Nous pensions te voir ici bien avant aujourd'hui !

— Nona ! ronchonne celle qui semble la plus âgée, assise au milieu.

— Quoi ? couine la rousse. Décima nous a annoncé sa venue il y a des semaines et pour une fois que nous avons un beau jeune homme chez nous…

La troisième soupire en secouant la tête. Brune, les cheveux coupés en un carré court, celle qui semble répondre au nom de Décima se lève et me tend la main.

— Bienvenue, Damian. Pardonne-nous les manières de Nona. Elle s'emporte pour tout et rien. J'imagine que tu le sais parfaitement.

Oui, comme tous les Êtres d'essence divine, je connais la légende des Sœurs du Destin. Nona, la rousse, Morta, la blonde et Décima, la brune, sont les artisanes de toute vie. Elles filent et tissent le Destin de chaque humain. Mais après des heures de recherches, j'ai appris qu'elles savent aussi influer sur le Destin des Démons et des Anges.

— Merci, mesdames. Je suis ici pour…

Une fois de plus, la petite rousse se met à glousser.

— Oui, oui, oui, nous savons.

La brune la bouscule du coude.

— Arrête de parler à tort et à travers. Donne-moi l'œil.

Avec une moue boudeuse, sa sœur s'exécute. Une fois équipée, Décima me détaille de la tête au pied.

— Alors, voici le fameux Damian. On peut dire que tu nous donnes du fil à retordre, mon Coco.

Je tente de m'excuser en y mettant les formes. Je dois dire que je ne m'attendais pas à ce qu'elles sachent exactement que j'allais venir et à quel moment. Décima balaie mes balbutiements d'un geste de la main.

— Pas tant de cérémonie, je t'en prie. Le temps t'est compté.

Une boule se forme dans ma gorge et, au même moment, c'est Morta qui se met à rire :

— Mais non, idiot. Tu ne vas pas disparaître. Mais si tu veux retrouver la raison, tu vas devoir te montrer un peu plus courageux et accepter de suivre ton Roi. Parce que ta belle va se marier. Et crois-moi, tu ne veux rater cela pour rien au monde.

Mes poings se serrent, par réflexe. Ouais, c’est ça. Je vais retourner chez les Coincés pour féliciter Elliot et lui souhaiter une belle vie avec celle que… Non. Stop. Je dois m’en tenir au plan et écouter ce que le Destin me réserve. Nona s’avance vers moi, prend ma main gauche dans la sienne et, avant que je n’aie le temps de réagir, elle souffle légèrement sur mon visage.

Et je me réveille dans mon lit.

Merde.

23.
Pour le meilleur.
Et pour le pire ?

Gabrielle

D'un œil distrait, je fixe les différents arrangements floraux que me présente Gaïa. J'entends bien sa voix vanter les mérites des gardénias face aux bégonias, mais je suis incapable d'intégrer la moindre donnée sortant de la bouche de ma meilleure amie. Le menton appuyé sur ma paume, je me contente d'être présente physiquement. Et ça, ça n'échappe pas à mon amie qui, les poings sur les hanches, me ramène vite fait à la réalité :

— Gaby, tu m'écoutes au moins ?

— Oui, bien sûr.

Gaïa contourne la grande table et vient s'asseoir à mes côtés. Elle soupire et prend ma main entre les siennes, m'adressant un pâle sourire.

— Gabrielle, mon chou… Tu sais, tu devrais peut-être repenser à toute cette histoire avant de…

— Non, non. Je suis là, concentrée. Alors… des gardénias, hein ?

Si je laisse mon amie continuer, je sais ce qu'il va arriver. Je vais me remettre à pleurer, et je n'ai plus la force de tenir à ce rythme. Cela fait des semaines que je me morfonds, guettant mon téléphone à chaque instant. J'espère que chaque message sera celui de Lucifer me demandant de revenir au plus vite, ou encore… La revoici, cette sensation de ne plus pouvoir respirer. Ma gorge se serre et je sens les larmes poindre. Je n'arrive même pas à penser à lui. La seule évocation de son prénom me tord l'estomac. Combien de fois ai-je rêvé d'une fin différente ? Combien de fois ai-je voulu l'appeler, le suppliant de me pardonner ?

Comme un signe du Destin, Elliot apparaît à l'entrée de la serre.

— Salut, les filles. Alors, ces fleurs ?

D'un geste tendre, il vient caresser mon dos et dépose un baiser sur ma tempe. Gaïa se dandine un peu sur sa chaise, l'air mal à l'aise. Je la connais bien assez pour savoir qu'elle espérait me faire parler de mes sentiments vis-à-vis de ce mariage et qu'elle est contrariée de l'arrivée d'Elliot, même si elle l'adore. J'essaie de faire diversion pour ne pas blesser mon futur mari.

— Écoute, je suis ravie que tu sois là, tu vas m'aider à choisir. Gaïa propose des gardénias blancs et roses pour les tables.

Le visage d'Elliot se fend d'un immense sourire qui illumine la pièce. Cet homme est un amour.

— Je ne suis pas vraiment doué en choix de fleurs. Mais si Gaïa le dit… Je lui laisse carte blanche !

Au moment où il termine sa phrase, son téléphone se met à sonner. Tout en riant, il le sort de sa poche et jette un coup d'œil. Quasi instantanément, il perd son sourire et, s'excusant du geste, il décroche.

— Salut !

Son regard passe sur Gaïa puis à nouveau sur moi.

— Ah oui ? Ça y est ? Et ?

À travers le haut-parleur, il me semble reconnaître la voix masculine. Mais pourquoi Lucifer appellerait-il Elliot ? Devant mon air étonné, mon fiancé grimace.

— Attends une seconde.

Posant sa main sur le combiné, il m'embrasse sur le front et chuchote :

— Désolé Gabrielle, je dois absolument prendre cet appel. Le boulot.

Tandis qu'il s'éloigne en reprenant la conversation, je le suis du regard, la tête pleine de questions.

***

L'avantage d'appartenir au Royaume Céleste ? Les traditions ancestrales ont la vie dure. Parfois, c'est un fardeau. Mais lorsque cela me permet de rester vivre chez mes parents jusqu'à la date de mon mariage, j'apprécie fortement de respecter les règles archaïques. Oh, ce n'est pas que je redoute de partager mon espace avec Elliot. C'est mon meilleur ami depuis toujours et je sais que chaque minute passée auprès de lui sera merveilleuse. Il est généreux, tendre, gentil. Il n'a jamais cherché à franchir les limites que je lui impose. Mais il arrivera un moment où je devrais faire le deuil de ma pseudo relation avec un Démon tentateur et accepter tout ce que ce mariage implique. Clairement, je n'y suis absolument pas prête. Trois légers coups frappés à ma porte me tirent de mes pensées. Et justement, c'est Elliot qui passe la porte.

— Coucou. Ça va ?

Je hoche la tête. Assise en tailleur sur mon lit, les cheveux relevés à la hâte et un vieux t-shirt sur le dos, je me sens hideuse. Mais comme chaque fois, il me regarde avec tendresse, comme si j'étais la personne la plus importante de sa vie. Et moi, j'ai l'impression d'être le pire monstre que le Royaume ait connu pour ne pas pouvoir l'aimer autant qu'il le mérite. Il s'assoit à côté de moi et m'attire contre lui. Je me love contre son torse avec une furieuse envie de renifler.

— T'as l'air crevée, Gabrielle. Tu es certaine que tu ne veux pas qu'on reporte la soirée de demain ?

— Et déclencher les foudres de ta mère ? Tu rigoles ?

Rien qu'en songeant à la fête prénuptiale qui nous attend demain, les larmes menacent à nouveau de couler. *Ne pleure pas, Gaby. Ne pleure pas*. Elliot grogne un peu avant de rire.

— Oui, je crois qu'elle nous ferait une attaque.

Accrochée à la porte, la housse imposante qui protège la robe choisie avec nos deux mères. Enfin, *avec*… Je dirais plutôt choisie *par* nos deux mères. Et je peux vous assurer qu'elles et moi n'avons absolument pas les mêmes goûts ! Mais vu la crise monumentale que ma future belle-mère a piquée lorsque j'ai tenté de lui expliquer que je hais le lilas, autant dire que je n'imagine pas ce qui arriverait en cas d'annulation de cette satanée fête prénuptiale !

Elliot glisse ses doigts dans mes cheveux et, comme il sait le faire depuis des siècles, apaise mes angoisses en me massant le cuir chevelu. Nous restons ainsi enlacés de longues minutes, savourant la présence de l'autre. Entre nous, tout est si simple, si facile. C'est Elliot qui brise le silence, en me chuchotant :

— Gaby… Tu sais qu'on fera comme tu le sens ? Je ne veux pas que tu te sentes obligée de dire oui.

Je ferme les yeux, consciente de tout ce qu'il sous-entend.

C'est ça qui est extraordinaire avec lui. Il sait toujours quoi dire ou quoi faire. Sauf cette fois-ci, parce qu'il faudrait pour ça que je lui raconte tout de mon séjour chez mon Démon : nos chamailleries, notre petit jeu de séduction, mais surtout notre histoire.

Peut-on sciemment demander à son meilleur ami, tout Ange qu'il est, d'accepter d'entendre comment je suis tombée amoureuse d'un autre ? Et quand bien même, qu'est-ce que ça changerait ? Non seulement il n'y pourrait rien, mais cela ne ferait que le blesser un peu plus. J'ai déjà perdu Damian, je refuse de perdre également Elliot.

— Je le sais. Mais je suis sûre.

Damian

Me retrouver dans cette grande salle me donne envie de gerber. Certes, la décoration est très différente de la dernière fois où j'y ai mis les pieds. Mais la plupart des invités sont les mêmes : les airs pincés, les tenues somptueuses et les regards acérés. Si la première fois, je m'inquiétais de leur accueil, aujourd'hui je m'en fiche royalement. La seule personne dont j'ai besoin est là, à mes côtés : Lucifer est mon meilleur ami et mon Roi. Alors, dans une posture certes rigide, le dos droit et les mains dans les poches, j'avance à ses côtés.

Il ne faut que quelques instants pour que les premiers chuchotements se fassent entendre. J'ai appris depuis peu que ces gens ne sont pas meilleurs que nous. Ils trichent, mentent et manipulent aussi bien que n'importe quel démon. Mais sous couvert de leur bonne réputation et d'un service comm' au top, ils se pensent au-dessus de nous. Et ça, ça me rend dingue. *Non, ce qui me rend dingue, c'était de croire que je pouvais avoir confiance en l'une d'entre eux.* La simple évocation de cette histoire me donne une furieuse envie de faire demi-tour sans demander mon reste.

À mes côtés, Lucifer a certainement ressenti ma colère sous-jacente. Saisissant deux flûtes sur le plateau d'un serveur, il m'en tend une avec un clin d'œil.

— Pas de panique, Damian. Je te jure qu'on ne s'attardera pas plus longtemps que nécessaire. En attendant, profite.

Facile à dire… Lui, il est né ici. Il a grandi au milieu de ces maudites tentures pourpres et des fleurs de jasmin. Il connaît tous les codes de ce monde. Moi, je suis juste loyal.

Je pensais ne rien ressentir en venant ici. J'ai fait le deuil de mon histoire avec Gabrielle. J'imaginais que cette soirée serait l'occasion de le prouver à son frère et surtout à tout ce petit monde que j'exècre. Mais quand la foule s'écarte un peu et que je la vois, mon cœur s'arrête.

Ce n'est pas sa beauté qui me fait du mal. Parce que si je l'ai toujours trouvée belle, là, je dois avouer qu'elle éclipse toutes les femmes, de ce monde et du mien. Moulée dans une robe couleur champagne, ses cheveux savamment entrelacés sur le sommet de son crâne lui donnent un port de tête altier. Elle ne porte pas de bijoux ostentatoires comme Aphrodite[15] ou Shiva[16], que j'ai aperçus de loin. Non, elle illumine la pièce avec son seul sourire. Et pour mon plus grand malheur, ce sourire, c'est à un autre qu'elle l'adresse. À cet abruti d'Elliot. Comme s'ils avaient fait ça toute leur vie, ils virevoltent au son de la musique avec

[15] Déesse grecque de l'amour.
[16] Dieu suprême hindou.

grâce. Leurs mouvements semblent parfaitement synchronisés. Un ballet parfait pour un couple parfait.

Plus rien ne compte autour de moi. Je n'entends plus les murmures des femmes, je ne vois plus leurs regards concupiscents. Je ne remarque plus les moues dédaigneuses des hommes, ceux-là même qui rêveraient d'avoir mon tableau de chasse, mais n'osent pas se l'avouer. Non, à cet instant, je ne vois que Gaby. Mon cœur déjà bien mal en point se met à saigner quand Elliot lui chuchote à l'oreille et que je la vois rougir. Ce moment aurait dû être à nous. Elle devrait être à moi. Pourtant, même si je ne suis qu'à quelques mètres d'elle, elle ne m'a jamais semblé si inaccessible.

Mais comment ai-je pu croire qu'une fille comme elle pourrait aimer un type comme moi ? Quand je la vois ici, évoluer parmi ceux de son Royaume, je comprends combien j'ai été fou. Elle n'est pas pour moi et ne le sera jamais.

Alors, même si j'aime et respecte Lucifer, je romps ma promesse et quitte la salle de bal sans me retourner. J'arpente les couloirs, incapable de savoir si je vais dans la bonne direction. C'est donc surpris que je me retrouve enfin à l'extérieur. La douceur de cette nuit printanière me fait presque du bien. On est bien loin de la chaleur de mon monde, mais je m'en contenterai. Les yeux fermés, j'inspire profondément. Je sens la colère s'infiltrer dans tous mes pores. C'est un sentiment que je pensais pourtant maîtriser à la perfection. Or, bizarrement, cette fois je ne sais pas la gérer. Tout ce que je voudrais, c'est pouvoir l'évacuer. Mais c'est une chose de planter Lucifer au milieu de la réception, c'en est une autre que de détruire une partie des jardins juste parce que je suis jaloux. Jaloux… Le mot est lâché. *Ouais, mon gars. T'es jaloux du type qui danse avec Gabrielle.* Je peux tenter de duper mon meilleur ami tant que je peux, mais je dois faire face à la réalité.

Malgré ce que j'affirme haut et fort depuis des semaines, je ne suis pas guéri. La plaie béante que son départ a causée est toujours là. Je saigne toujours autant. Moi, un Démon supérieur des Enfers, premier Lieutenant de Lucifer, je me morfonds comme une âme en peine, et tout ça pour une fille. Oui, mais justement. Ce n'est pas *une* fille. Gabrielle est tout sauf une personne lambda. Les yeux levés vers les étoiles, je songe à toutes ces petites choses qui la caractérisent. Sa gentillesse. Sa timidité. Son tempérament de feu lorsqu'il s'agit de défendre son point de vue ou une cause qui lui tient à cœur. Et tandis que je souris en pensant à ses petites manies que j'ai appris à aimer, une voix masculine vient interrompre mes pensées, provoquant immédiatement un tsunami d'émotions dans ma tête.

— Damian ?

Je refuse de me retourner et de lui accorder ne serait-ce qu'un regard. *Détends-toi. Tout va bien se passer.* Mais quand sa main vient se poser sur mon épaule, j'explose et repousse ce contact qui m'horripile. Collant mon front contre le sien, les poings serrés, je dois faire preuve de toute la retenue dont je suis capable pour ne pas lui arracher la tête.

— Quoi, Elliot ? Qu'est-ce que tu veux ?!

Ma voix basse est presque plus menaçante que des cris. J'y mets toute ma rage, toute l'amertume que ce mec m'inspire. Je sais que je ne dois pas déraper. Je ne suis pas là pour moi, mais pour Lucifer. Il a besoin de ces moments auprès de son ancien monde. Malgré tout, il aime profondément sa famille et ces petits instants volés lui sont vitaux. Il est donc impensable pour moi de tout gâcher... Mais merde, pourquoi cet abruti a-t-il décidé de venir me narguer ?

— Ça ne te suffit pas de savoir que tu as gagné ? T'as besoin de venir te pavaner devant moi, hein ? C'est ça ?

Il reste de marbre, comme insensible à mon regard que je sais plein de feu. Au sens littéral du terme. Parce que je me connais. Lorsque je suis dans cet état, il m'est impossible de retenir ma nature démoniaque, et ce sont mes yeux qui me trahissent toujours en premier. Mais l'Ange face à moi semble attendre que j'aie fini mon laïus.

— J'aurais tout donné pour elle. Tout abandonné. J'ai fait des trucs que tu n'imagines même pas pour cette fille. Alors, écoute-moi bien. Tu as intérêt à la traiter comme une putain de princesse, tu m'entends ? Je peux tolérer qu'elle t'ait choisi, mais je ne souffrirai pas de la voir malheureuse. Donc si elle veut une putain de licorne pour son anniversaire, tu te démerdes et tu lui trouves une licorne ! Parce que Gabrielle mérite le meilleur. Si tu t'avises de la faire pleurer, je te retrouverai. Où que tu te caches. Et je te jure que je te ferai comprendre pourquoi je suis le meilleur, chez moi.

Le souffle court, prêt à en découdre, j'attends sa réponse qui ne vient pas. Ses grands yeux continuent de fixer les miens avec une lueur indéchiffrable. J'essaie de me calmer en reculant de quelques pas. Je commence à faire les cent pas, les mains dans les cheveux pour ne pas perdre mon sang-froid. Du coin de l'œil, je vois Elliot glisser ses mains dans ses poches et, un sourire énigmatique sur le visage, il me demande simplement :

— Est-ce que tu l'aimes, Damian ?

Si je l'aime ? Mais je suis un démon ! Est-ce qu'un démon peut aimer un Ange ? Ce n'est pas la raison qui répond, mais le cœur lorsque je m'entends lui rétorquer sans hésiter :

— Bien sûr que je l'aime.

Je stoppe mes allées et venues pour fixer mon rival. Tout ce que mon cerveau enregistre, c’est que ma jolie blonde se tient à moins de cinq mètres derrière lui, interdite.

24.
My only love

Gabrielle

J'ai beau le chercher du regard, je ne vois pas Elliot. J'essaie de maintenir les apparences en restant souriante et courtoise face aux convives qui me saluent et me posent toutes sortes de questions sur le mariage à venir. Comment leur expliquer que la seule idée d'avoir à dire oui me donne la nausée ? Ils ne comprendraient pas. Elliot est le choix de la raison. C'est mon meilleur ami. Je suis donc certaine qu'avec le temps, je finirai par oublier Damian et, ce jour-là, je pourrai enfin donner une vraie chance à Elliot. Je lui dois au moins ça. Il me soutient depuis des semaines. Il est mon meilleur ami depuis toujours. Je dois m'estimer bénie des Cieux de l'avoir dans ma vie et de pouvoir compter sur lui.

C'est d'ailleurs pour cela que j'aimerais le retrouver parmi la foule. Ce soir plus que jamais, j'ai besoin de son soutien. Mais pendant que je réfléchis aux possibilités de m'esquiver discrètement, la voix familière de mon frère vient apaiser mes angoisses :

— Salut, frangine.

Je me retourne pour croiser le regard sombre de Lucifer. Comme toujours, il est à tomber dans son smoking. Pas étonnant qu'il fasse tourner toutes les têtes à chacune de ses apparitions ici. Je me love contre lui, les bras autour de sa taille. Si je ne sais pas où est Elliot, je sais que mon frère prendra le relais pour me soutenir.

— Mince, Luc', tu es venu ! Merci.

D'un geste tendre, il me caresse le dos et je savoure cet instant, les yeux clos. Malgré tout, une question me brûle les lèvres. Oserai-je demander s'il est venu seul ? Lucifer dépose un baiser sur le sommet de mon crâne et me tient serrée contre lui encore quelques instants. Je n'imagine pas l'image que l'on doit donner, à nous câliner au milieu des Anges et Divinités. Mais je m'en moque.

Mon frère me manque. Et le savoir si près me rappelle que tout ce que j'ai vécu ces derniers mois est bien réel.

— Je ne pouvais pas rater une fête donnée pour ma petite sœur préférée… Même si…

Devant mon nez froncé et mon air pincé, il se retient de donner son avis sur mon choix de vie.

— D'ailleurs, tu devrais peut-être retrouver Elliot.

— Oui, je…

Dois-je lui dire que j'espérais secrètement qu'il me prenne par les épaules et me secoue en me disant que Damian m'attend quelque part aux Enfers ? Buvant une gorgée de champagne, mon frère m'adresse un clin d'œil malicieux. J'imagine qu'il doit surtout être soulagé que toute cette histoire soit derrière lui. Il nous a assez répété que nous brisions toutes les règles et que jamais ça ne pourrait marcher. Autant dire qu'il doit être ravi de me savoir sur le point d'épouser Elliot. Un poil gênée de penser à Damian lors de la fête prénuptiale, j'attrape à mon tour un verre pour me donner un peu de courage avant de repartir à la recherche de mon promis. Quand je fais mine de m'éloigner, Lucifer m'interpelle :

— Il est peut-être allé prendre l'air. Il aime particulièrement les jardins Ouest de Gaïa, non ?

Je hoche la tête et me faufile parmi les invités. Une fois seule dans le dédale de couloirs, je sens mon cœur se calmer. J'ai envie de faire demi-tour et supplier Lucifer de m'emmener loin d'ici. C'est impossible, je le sais. Je laisse mes pas me guider jusqu'aux jardins Ouest où résonne une voix bien trop familière et surtout bien trop énervée.

— … j'aurais tout donné pour elle. Tout abandonné.

Je reste figée sur place en entendant mon Démon s'emporter et menacer Elliot. Je devrais intervenir, et le remettre à sa place sauf que j'en suis incapable. Quelle femme ne rêverait pas d'entendre un homme comme Damian exprimer ce qu'il ressent ? Au moment où je m'approche, Elliot lui pose la question qui me hante depuis la seconde où nos lèvres se sont touchées pour la première fois.

— Est-ce que tu l'aimes, Damian ?

Quand enfin il confirme ses sentiments, c'est tout mon monde qui s'écroule. Je pense à Elliot, à nos familles, nos responsabilités, toutes ces choses qui paraissent insignifiantes face à nos sentiments. *Parce que, merde, je l'aime comme une folle* !

Damian s'aperçoit de ma présence et son regard change. Je devrais peut-être bouger, faire un mouvement vers lui. Mes pieds sont cloués au sol. Je ne peux décemment pas lui sauter au cou devant Elliot. D'ailleurs, est-ce que mon fiancé sait que je suis derrière lui ?

Damian semble lui aussi chercher la meilleure attitude à adopter. Le temps est comme suspendu durant de longues secondes, où chacun prend le temps de réaliser ce que cette déclaration signifie pour les deux autres. C'est mon ami qui, le premier, rompt le silence :

— Je suis heureux de te l'entendre enfin dire. Je sais qu'elle t'aime aussi. Comme elle n'a jamais aimé personne. Je connais Gaby mieux que quiconque ici, et s'il y a bien quelqu'un qui mérite d'être heureuse, c'est elle.

Il se retourne et me sourit tendrement. J'essaie de ne pas craquer. Je ne veux pas pleurer. Mais il ne me facilite pas la tâche quand il s'approche de moi, la main tendue pour m'inviter à me loger entre ses bras.

— Viens là, Gaby.

Ce câlin me fait un bien fou. Depuis des semaines, je tente de faire bonne figure, pour lui. Pour Elliot, j'étais prête à renoncer à tous mes rêves, parce que c'est mon meilleur ami et que je voudrais pouvoir le rendre heureux. Même si cela signifie renoncer à Damian. Enfin ça, c'était vrai quand je pensais n'être qu'une encoche de plus sur son tableau de chasse.

— Tu sais Gabrielle, je t'aime. Vraiment. Mais je refuse de te voir malheureuse pour l'éternité.

Il relève mon visage vers le sien. Comment peut-il rester souriant alors que nous sommes en train de balancer au feu notre mariage et son avenir ? Parce que cet homme est un Ange. Un vrai.

— Je veux juste que tu me promettes une chose…

Je hoche la tête vivement, prête à tout lui accorder.

— Ne laisse pas ta mère ou la mienne choisir ta robe.

J'éclate de rire à travers les larmes que je n'ai pas su retenir. J'enfouis ma tête contre son torse et le serre un peu plus fort. Oui, j'aime Elliot. Pas comme nos parents le voudraient, ou peut-être comme lui l'espérait. Mais je sais qu'il est une part essentielle de ma vie.

Je réalise soudain que Damian est encore planté là, derrière nous, attendant que je lui dise quelque chose. À contrecœur, je m'arrache à l'étreinte d'Elliot pour me tourner vers lui. Dieu qu'il est beau. Je relève un pan de cette satanée robe pour marcher vers lui. Marcher… plutôt courir. Il m'a manqué, terriblement. J'ai bien essayé de me convaincre du contraire, mais quand ses bras m'enserrent à leur tour, le trou que j'ai dans la poitrine disparaît.

Damian semble hésiter un instant avant de déposer un baiser doux sur mes lèvres. Accrochée aux pans de sa veste, je réponds immédiatement à mon envie irrépressible de lui et lui rends son baiser avec passion. Je sais que nous risquons un scandale si un invité — ou pire un de nos parents — débarque, mais je m'en fiche. J'aime Damian et je veux qu'il le sache.

Damian

J'ai beau la serrer contre moi, cela me paraît encore irréel. *Mais mince, si c'est un rêve, alors ne me réveillez jamais*. Sentir la douce odeur de coco de ses cheveux, pouvoir toucher sa peau, c'est trop beau pour être vrai. Et pourtant, elle est là. Son corps me semble encore plus frêle que dans mon souvenir. Je serais bien incapable de dire combien de temps je reste debout là, au milieu des fleurs, à savourer la présence de Gaby. Quand enfin elle lève les yeux vers moi, je me sens presque plus bête que lorsque je lui ai dit que je l'aimais la première fois, parce qu'aujourd'hui, elle reste. Elle ne fuit pas, ne me colle pas une baffe magistrale. Non, elle me sourit entre les larmes. *Une fois de plus, je l'ai fait pleurer*. Ce qu'elle peut être jolie, même lorsqu'elle pleure !

— T'es vraiment là ? murmure-t-elle.

— Ouais, je… Je voulais juste te voir une dernière fois.

C'est certainement complètement déplacé, mais j'ai besoin de l'embrasser. Encore. *Rien à faire de son mec à la noix ou de son frère. Ce sont nos derniers instants ensemble alors le premier qui vient m'interrompre, je le fais cramer sur place !* Ouais, enfin…

— Vous êtes bien mignons tous les deux, mais il me semble qu'on a encore du pain sur la planche, nous coupe Lucifer.

Gaby s'éloigne à contrecœur, mais ne lâche pas ma main. Elle essuie ses larmes tout en reniflant, ce qui fait rire son frère qui, grand seigneur, lui tend son mouchoir. Elliot s'est approché également et, les mains dans les poches, se contente de nous regarder. Alors que j'étais prêt à lui arracher les yeux il y a encore dix minutes, je fais un pas en avant et lui tends la main.

— Désolé.

Il n'hésite pas une seconde avant de saisir ma paume et la serrer vigoureusement. Je me sens nul de ne pas trouver autre chose à lui dire. Lui et moi ne nous connaissons finalement pas et pourtant, il n'a pas l'air de ressentir une quelconque rancœur, tandis que j'ai été incapable de refréner ma colère.

Elliot : 1 — Damian : 0.

— Ne t'en fais pas. Mais par contre… Bon courage pour lui trouver une licorne, hein !

25.
La meilleure idée que nous ayons eue...

Damian

Sur le papier, le plan était pourtant simple. Nous laissions la fête suivre son cours, sans faire de vagues. Oh, il y a bien eu quelques remarques faites à Gabrielle au sujet de ses yeux rougis et son air absent. Mais la miss a géré d'une main de maître. Elle a continué à parler avec chaque convive, à répondre aux questions posées sur le déroulement de la cérémonie du lendemain. De mon côté, je n'avais qu'à me tenir à carreau et ronger mon frein. Lucifer et Elliot ont été catégoriques. Il est impensable de remettre le mariage en question de manière publique. Héra en ferait une crise monumentale, elle demanderait réparation et je risquerais des châtiments et des tourments éternels pour avoir osé m'immiscer dans les affaires d'un Royaume où je ne devrais même pas me trouver. Mais lorsqu'une main vient se poser sur mon épaule, je m'attends à tout sauf à croiser le regard d'Elohim en me retournant. Le visage fermé, l'air sombre, c'est d'un ton ne laissant aucune place à la négociation qu'il m'ordonne :

— Suis-moi, s'il te plaît.

Malgré sa politesse, je sens la menace sous-jacente dans sa voix. Même Lucifer, discutant avec Ganesh à quelques mètres, semble décontenancé de voir son père m'entraîner à sa suite. En silence, nous longeons les couloirs que je commence à connaître comme ma poche. J'ai une grimace gênée lorsque je le vois entrer dans une pièce que je reconnais immédiatement. C'est celle dans laquelle Gabrielle m'a fait entrer le soir de la Saint-Valentin. Merde, si j'avais su, j'aurais réfléchi à deux fois avant de la prendre sur le bureau de son père !

Elohim s'installe dans son énorme fauteuil et d'un signe de la tête, m'invite à m'asseoir en face de lui. Si toute la scène me rappelle notre première entrevue, là, clairement l'atmosphère est beaucoup moins détendue. Il ôte ses lunettes et mordille la branche, les sourcils froncés, et me fixe en silence. Je ne sais pas si je dois lancer la conversation, écouter ce qu'il a à dire ou faire le bilan de ma vie avant de passer à trépas. Lorsqu'il pose ses lunettes et croise les mains sur le bureau, je retiens mon souffle. J'aimerais avoir l'air cool et impassible… Mais, soyons sérieux une minute. Cet homme peut faire ce qu'il veut. Même m'éliminer d'un claquement de doigts. Enfin, il prend la parole :

— Pourquoi es-tu là, Damian ?

— J'accompagne Lucifer.

— Sois honnête avec moi, mon garçon.

Après tout, ce n'est pas totalement faux !

— Je suis toujours honnête, monsieur.

À nouveau, un silence pesant. Lorsqu'il me regarde comme ça, j'ai comme l'impression qu'il ne pose des questions que pour la forme. Parce qu'il sait déjà tout. Son autorité naturelle est renforcée par le ton grave qu'il donne à chacune de ses phrases.

— Tu te souviens de notre premier tête-à-tête ?

— Oui, monsieur.

Il ouvre un tiroir sur sa droite et pose un objet entre nous.

— Tu te souviens donc de ceci ?

Le bracelet. Celui qu'il m'a passé le premier soir, qui m'empêchait d'utiliser mes pouvoirs.

— Bien sûr.

— Est-ce que tu sais comment il fonctionne ?

Je ne peux retenir une moue désabusée.

— Oui, il a brimé mes pouvoirs durant mon séjour.

— Et c'est tout ?

Son front se plisse encore un peu plus. Merde, je crois qu'il va me zigouiller sur place. Il a l'air furieux, même si tout dans sa manière de se tenir me laisse croire qu'il est à l'aise. Ce type n'est pas Sénateur pour rien. Il me fait baliser juste avec son timbre de voix.

— C'est tout.

Plus la conversation avance, moins j'arrive à saisir ce qu'il veut entendre. Dois-je lui dire que j'ai voulu immoler le chien du voisin, mais qu'une décharge à assommer un bœuf m'a vite rappelé à l'ordre ? J'imagine qu'il le sait déjà, alors pourquoi toutes ces questions sibyllines ?

— Et lorsque tu as embrassé ma fille ?

Merde. Et là, je dis quoi ? Je nie ? Je le prends à la légère ? Pas le temps de réfléchir sans avoir l'air de chercher une excuse. Je choisis de répondre sans détour, osant même un léger haussement d'épaules.

— Il n'est rien arrivé. Enfin, je veux dire que le bracelet n'a pas réagi.

— Hum…

Il paraît analyser ma réponse. Je suis incapable d'interpréter la lueur dans ses prunelles grises. *Il va me buter*. Il se rencogne dans le fond de son fauteuil, frottant sa lèvre inférieure du bout de son index.

— Monsieur, je…

Je ne sais pas par où commencer. Mais je sais que si je ne prends pas la parole maintenant, je ne pourrai plus rien dire d'ici demain. Et je refuse de passer pour un lâche aux yeux d'Elohim.

— Vous avez été assez magnanime pour m'accueillir chez vous. J'estime que je vous dois au moins la vérité. Gabrielle et moi… Ça a toujours été compliqué. Enfin, je devrais dire plutôt explosif. Parce que non, ça n'a rien de compliqué finalement. Elle a beau être têtue, trop bavarde et un poil irritante… Je n'imagine plus mes journées sans elle. J'ai essayé. De toutes mes forces. Mais je n'y arrive pas.

— Qu'ont dit les Sœurs ?

Mince, mais ce type sait tout sur tout ?!

— Juste que… Que Gabrielle allait se marier demain. Et que je ne devais pas rater ça.

Lentement, je vois les coins de sa bouche s'étirer. Je ne sais pas si dois sourire aussi ou me préparer à recevoir les foudres du Sénateur. Mais, il se lève sans se départir de son air heureux, contourne le bureau pour venir à ma rencontre. Je l'imite en me remettant sur mes deux pieds et saisis la main qu'il me tend. D'un geste vigoureux, il abat sa deuxième main sur mon épaule, m'arrachant presque un hoquet de surprise.

— Alors, il y aura bien un mariage demain.

Puis, il pose sa main sur ma nuque pour m'attirer dans une accolade amicale. Lorsqu'il me relâche, il m'adresse un clin d'œil avant de me mettre en garde une dernière fois :

— Par contre, plus jamais sur mon bureau, jeune homme.

Gabrielle

Mes Aïeux, je ne pensais pas être aussi nerveuse. J'ai toujours imaginé que cette journée serait la plus belle de toute ma vie. Sauf qu'on est bien loin du rêve. Je suis encore assise dans ma chambre, en sous-vêtements, à fixer la housse informe qui cache une robe encore plus vilaine. Oh, ce n'est finalement pas cela qui me gêne le plus. C'est toute notre organisation pour cette folle journée qui me pétrifie de peur. Mais qu'est-ce qu'il nous est passé par la tête ?! *Nous allons tous finir notre existence dans les Limbes, à errer comme des âmes en peine, sans espoir de rédemption.*

Mon cœur s'affole, ma respiration s'emballe. J'aurais dû en parler à mes parents. J'aurais dû… Les coups frappés à ma porte me font sursauter. J'ai une envie folle de faire la morte et de laisser celui ou celle qui se tient devant le battant croire que je ne suis plus là. Or, la porte s'ouvre et Lucifer se glisse dans ma chambre. Je saute sur mes pieds et me jette au cou de mon frère. Rien à faire que je sois en sous-vêtements ou avec ces satanés rouleaux sur la tête. Je suis soulagée de l'avoir à mes côtés.

— Rhoo Luc', t'es là ! J'ai eu peur !

Il m'enlace en riant.

— Peur de quoi, mon petit chat ?

— Je n'avais pas de nouvelles, ni de toi ni d'Elliot et...

— Ne t'en fais pas. Nous avons… Disons… Arrosé.

Je me libère de l'étreinte de mon frère pour lui frapper le bras de toutes mes forces.

— Quoi ?! Vous avez pris du bon temps pendant que moi, je me morfondais en me demandant si vous étiez toujours en vie ?

Lucifer lève les yeux au ciel dans un geste théâtral.

— Oh, Gaby, ne sois pas si mélodramatique !

— Mets-toi à ma place deux secondes !! Damian est resté enfermé une éternité avec notre père. Et ensuite, vous avez tous disparu. Elliot ne répond pas à mes appels, et moi j'ai dû expliquer à sa mère pourquoi il avait quitté la fête sans lui en parler. Elle était au bord de la crise de nerfs. Et là, il ne me reste qu'une heure, je dois porter cette robe affreuse et je ne sais toujours pas quel est votre plan exact.

Plus je m'énerve, plus Lucifer semble me trouver marrante. Il tente bien de dissimuler son hilarité derrière sa main, mais je ne suis pas dupe. Il se fiche de moi ! C'en est trop pour moi. Je ne réfléchis pas à deux fois et lui balance une décharge électrique en plantant mon doigt en plein milieu de sa poitrine.

— Arrête de te marrer, Lucifer, ou je te jure que je te fais avaler tes dents.

Il pousse un cri de douleur en frottant son torse. Mais au moins, il ne rit plus !

— Mais tu es devenue folle, ma parole ! Calme-toi !

Je martèle mes mots en enfonçant chaque fois mon index dans sa poitrine.

— Dis-moi-ce-qu'on-va-faire.

Lucifer marmonne quelques injures dans sa barbe et décroche la housse de ma porte. Il l'ouvre et pousse un sifflement.

— J'allais te dire d'enfiler ta robe, mais… C'est quoi, cette horreur ?

Je grogne en lui arrachant l'immonde meringue lilas des mains. C'est déjà une torture en soi d'avoir à porter cette fichue robe, je n'ai pas besoin qu'on me rappelle que j'ai été bien trop faible pour protester contre le choix de nos mères. Mais c'est trop tard. Alors, à contre-cœur, je me glisse dans ma robe. Sans un mot, Lucifer m'aide à remonter la fermeture et lorsque je me tourne, attendant son verdict que je sais catastrophique, je suis surprise de le voir sourcils froncés, l'air concentré. D'un geste du doigt, il m'intime l'ordre de faire un tour sur moi-même et je m'exécute, intriguée. Il pousse finalement un long soupir et sort son portable. Il ne lui faut que quelques secondes pour trouver le numéro qu'il cherche.

— Salut, ma belle. Hymen[17] est près de toi ? Super. Tu peux lui demander de me rendre un service ?

Les bras croisés, j'attends fébrilement que mon frère ait fini de roucouler par téléphone. Les secondes me paraissent interminables. Lorsqu'enfin il raccroche, c'est pour me faire taire une fois de plus par un geste. Il se frotte les mains et me fait tourner une seconde fois. Mais ce coup-ci, quand je me retrouve à nouveau face à lui, il semble enchanté.

Il frappe des mains pour faire apparaître un grand miroir et je dois avouer que moi aussi, j'ai envie de sourire. Sans que je sache comment, il a complètement transformé ma robe.

Exit la meringue violette, j'ai désormais la chance d'avoir la robe de mes rêves : une encolure bateau et des manches trois quarts en dentelle fine qui couvre également le bustier ; on retrouve l'effet meringue que j'affectionne

[17] Dieu grec du mariage.

malgré tout, mais dans une magnifique teinte ivoire. Et ça change tout.

Ne pleure pas, Gaby. Ne pleure pas.

Peine perdue. Je me mets à nouveau à pleurer comme une madeleine. Contre mon dos, Lucifer m'enlace et pose son menton sur le haut de ma tête.

— C'est mieux, non ?

Je hoche la tête. Entre deux reniflements, j'accepte le mouchoir tendu par mon frère et le remercie. Chaleureusement. C'est avec un air faussement modeste qu'il hausse les épaules.

— Allez, ce n'est rien… T'es ma frangine. Même si t'es chiante, je t'aime, Gaby. Je veux que tu aies le mariage dont tu rêves.

Il est tellement adorable que je ne relève même pas ses grossièretés.

— Depuis quand est-ce que tu t'y connais en mode, toi ?

— Disons que je passe beaucoup de temps avec Aglaé[18], la cousine d'Hymen et…

---

[18] Déesse de la splendeur.

Ouais… On dirait qu'une fois de plus, Lucifer semble épris des beaux yeux d'une femme. Ce n'est pas la première et j'imagine que ce n'est pas la dernière. Je n'ai jamais jugé les choix de mon frère, ce n'est pas aujourd'hui que je vais commencer.

26.
Marry Me

Gabrielle

Je crois que si je continue de malmener mon bouquet, il ne tiendra pas la journée. Et Gaïa me tuera. Enfin… Si Héra et ma mère ne l'ont pas fait avant. Postée devant la porte de la Grande Salle, je fixe les rugosités et les dessins du bois. C'est bête comme dans des moments comme celui-ci, on s'attache à de petits détails idiots. *Comment est-ce qu'on reconnaît une porte en chêne d'une porte en hêtre* ? Ça y est, j'ai sombré dans la folie. Lorsqu'une main chaude se pose dans mon dos, je sursaute en plaçant la paume sur mon cœur.

— Tendue, ma puce ?

Les yeux de mon père débordent d'amour. C'est mon point d'ancrage pour cette journée qui s'annonce riche en émotions. Quoi que je fasse, il est toujours là. J'ai la chance d'avoir les parents les plus merveilleux de la Création. Mais est-ce qu'il continuera de me regarder avec autant d'amour lorsqu'il se rendra compte de notre changement de programme ?

— Tu es la plus belle mariée de l'univers, Gabrielle.

Alors que je m'apprête à passer mon bras sous le sien pour entrer dans la salle, il recule de deux pas.

— Papa, qu'est-ce que tu fais ? On doit y aller.

Il m'adresse un clin d'œil avant de pénétrer dans la salle par la petite porte.

— Changement de programme, Gabrielle, me chuchote-t-il.

Au même instant, j'entends des pas précipités à ma gauche et c'est un autre qui prend mon bras.

— Lucifer ? Qu'est-ce que… ?

— Chut. Tu me suis et tu te tais.

Reprenant son souffle, il secoue un peu les épaules en ajustant sa veste, puis pousse la grande porte pour nous permettre d'entrer. Toutes les têtes se tournent vers nous et chaque invité se lève lorsque la musique commence.

Tout le Royaume est là. Mon père est certes l'un des Sénateurs les plus anciens et les plus en vue du Royaume, mais surtout, ce sont nos positions haut placées dans la hiérarchie, à Elliot et moi, qui ont justifié une telle extravagance. Je travaille dur depuis des siècles pour devenir Sénateur un de ces jours. Ainsi, je me dois de connaître tout et tout le monde. C'est donc toutes les âmes du Royaume Céleste qui sont présentes dans la Grande Salle aujourd'hui.

Prise d'un vertige, je m'agrippe un peu plus au bras de mon frère. Parce que face à moi, au bout de l'allée, il y a Elliot. Mais il y a surtout Damian à ses côtés. Mon estomac se serre. Est-ce que nous allons pouvoir nous en tenir à ce que nous avons prévu ?

Je sens la crise de panique me reprendre. Et si ça se passe mal ? Et si le Grand Prêtre refuse notre requête ?

— Respire, Gaby. Écoute la musique et ne pense à rien d'autre.

Les premières notes résonnent et Lucifer se met en branle. Un pas après l'autre, nous remontons l'allée. Oh, il y a bien quelques visages étonnés de voir le grand Roi des Enfers resplendissant dans son smoking noir. Mais il y a surtout des sourires et des mines réjouies à l'idée de ce mariage.

Pendant que Michael Jackson continue de clamer *qu'il ne pourra jamais cesser de m'aimer*[19] sous les yeux admiratifs de Pandore qui l'adore tout autant que moi, mon attention se fixe sur celui que j'aime. Les mains croisées, le regard brillant, je crois déceler une pointe d'émotion dans le bleu de ses iris. Il se mordille nerveusement la lèvre. Ai-je déjà vu Damian stressé ?

Il me semble que nous marchons pendant un temps infini. Enfin, nous arrivons au pied de l'autel. Elliot prend ma main et la serre, en guise d'encouragement. Je donne mon bouquet à Gaïa, qui pleure déjà et, main dans la main avec Elliot, nous montons les trois marches menant au Grand Prêtre. Sauf, qu'ici, point de prêtre. À la place, il y a mon père, un grand sourire aux lèvres. Aïe. C'est quoi ce plan ?

Elliot se tourne vers moi et me saisit la deuxième main. Il plante son regard doux dans le mien et lorsque le silence se fait dans la salle, il prend la parole.

---

[19] *I just can't stop loving you* – Michael Jackson, 1987.

— Gabrielle, tu es ma meilleure amie. Je te connais depuis toujours et je t'aime depuis le moment où mes yeux se sont posés sur tes jolies boucles blondes. Et puis, tu as commencé à parler, à m'expliquer pourquoi un jour tu serais Sénatrice, et non pas Sénateur, et là, j'ai songé à fuir.

L'assistance rit avec moi de la touche d'humour inattendue.

— Tu es la plus belle personne que je connaisse. Tu es généreuse, déterminée. Je sais qu'un jour tu seras effectivement Sénateur. Pardon, Sénatrice. Et moi, je serai là pour te féliciter. Mais pas en temps qu'époux.

Je retiens mon souffle. Nous y voilà.

— Tu as passé la majeure partie de ta vie à faire ce que l'on attendait de toi. Maintenant, tu dois vivre pour toi.

Il se tourne alors vers mon père.

— Monsieur, je vous demande la permission de ne pas épouser votre fille.

Cette fois-ci, un murmure parcourt l'assistance. Je crois que personne n'a vu le truc venir. J'ai de la peine en songeant à ce qu'ils doivent tous penser. Nous avons déplacé les foules, tout ça pour un mariage annulé en moins de deux minutes. Charmant. J'imagine que cette journée restera dans les annales comme la cérémonie la plus courte de l'Histoire.

Mon père lève les mains, intimant le silence à l'assemblée.

— Elliot, c'est tout à ton honneur de refuser d'enfermer ma fille dans une union qui ne vous conviendrait pas, à l'un comme à l'autre. Je dois avouer que je suis fier d'accéder à ta demande. Nous en avons déjà discuté avec ton père qui a, lui aussi, donné son accord.

Mince... C'était si simple que cela ? Mais alors, nous aurions pu tout annuler hier !

— Mes chers amis, si nous sommes réunis ici aujourd'hui, c'est pour célébrer l'union de ma fille avec celui que son cœur a choisi.

Pardon ?

— Paillettes ?

Lorsque je me tourne, Elliot n'est plus là. Il est en bas des marches, et c'est Damian qui me sourit pâlement. Mon regard fait quelques allers et retours entre mon père et mon Démon. Je n'écoute que d'une oreille le discours que mon père fait à l'assemblée.

— Je sais parfaitement que vous devez être plutôt surpris par mon choix de laisser ma fille épouser un autre que celui auquel elle est promise depuis des lustres. Mais après tout, pourquoi ne suivrait-elle pas son cœur ? Qui a dit que pour faire un bon Sénateur il fallait se plier à toutes les règles édictées par les Anciens il y a de cela des millénaires ? Nous qui prônons tous la tolérance sur Terre, nous devrions commencer par nous appliquer à être plus ouverts.

Il marque une pause afin de jauger des réactions. Mais pas une âme ne semble s'opposer aux déclarations de mon père.

Alors, comme dans un rêve, je vois Damian prendre mes mains dans les siennes, inspirer un grand coup et se lancer :

— Gabrielle, je sais que toute cette histoire est folle. Je crois que même dans un millénaire, je ne serai pas capable d'expliquer comment j'ai pu te laisser retourner toute ma vie comme tu l'as fait. Tout ce que je sais, c'est que je me fiche de savoir si toi et moi avons le droit d'être ensemble. Je me fiche de savoir que tu vas m'enguirlander à chaque fois que je vais jurer. Je me moque bien d'avoir à passer la moitié de l'année dans ce gros tas de coton que vous appelez Royaume. On vivra où tu voudras, on fera ce que tu voudras… mais on le fera ensemble. Je te promets de t'aimer jusqu'à la fin des temps.

Mince, mais comment peut-on pleurer autant que moi ?

J'essuie les sillons humides sur mes joues d'un revers de la main. Je sens que mes vœux ne seront pas aussi beaux que les siens, mais je tente de laisser parler mon cœur.

Damian

Est-ce que c'est contagieux, cette connerie ? Parce que je sens un picotement au coin de mes yeux et une boule dans ma gorge. J'essaie de rester le plus impassible possible et de me concentrer sur sa jolie bouche.

— Damian, je m'étais préparée à tout. J'ai étudié toute ma vie, j'ai toujours été première dans toutes les matières, aussi suis-je descendue aux Enfers sûre de moi. Je pensais avoir à me défendre contre des tourments ou des êtres perfides. Mais je suis tombée sur toi. Alors oui, tu as des tonnes de défauts. Mais j'en ai certainement tout autant. Tu m'as plus appris sur votre monde en quelques années que je n'aurais pu en découvrir dans mes livres sur toute une vie. Votre monde et le nôtre n'ont pas tellement de choses en commun, c'est vrai. Mais nous pourrions apprendre tant les uns des autres ! Certes, nous resterons toujours opposés, mais il n'est pas nécessaire de nous faire la guerre. Alors, si toi et moi on peut faire changer les choses, tant mieux. Sinon, j'aurai gagné, quoi qu'il en soit. J'ai gagné l'homme le plus merveilleux de l'univers et ça, je ne l'échangerais pour rien au monde. Je t'aime.

Derrière elle, la petite brune rondouillette qui lui sert de meilleure amie renifle bruyamment, faisant rire la moitié de l'assistance. Je profite du fait que toute l'attention soit mobilisée sur Gaïa pour essuyer les quelques gouttes qui perlent au coin de mes yeux. Rien n'échappe à l'œil avisé de Gabrielle et de son frère.

Lorsque la première me caresse la joue d'une main tendre, le deuxième, à quelques pas derrière moi, étouffe un rire. J'imagine que je vais en entendre parler pendant des siècles. Enfin, Elohim se gratte la gorge, signe qu'il va reprendre la parole.

— Je pense qu'on peut vous déclarer mari et femme. Et… tu peux embrasser la mariée !

Je sais, je devrais faire preuve de retenue en public. Mais merde, y'a rien de plus sexy que de se dire que cette femme est la mienne ! Allez, j'essaie tout de même d'être un poil romantique et, une main sur sa nuque et l'autre en bas de son dos, je la bascule en arrière pour l'embrasser, sous les applaudissements des invités. Malgré tout, je reste un Démon…

Et je ne peux m'empêcher de lui murmurer :

— Et ma récompense ? Je peux t'enlever cette fichue robe ?

Elle dépose un baiser léger sur mes lèvres avant de se relever :

— Tout ce que tu voudras. Mais encore un peu de patience.

27.
Le meilleur des deux Royaumes

Damian

Jamais deux sans trois ? Nous voici une fois de plus au centre de l'attention, la cible privilégiée de tous les commérages du Royaume Céleste. Sauf qu'aujourd'hui, c'est plus que justifié.

Ma discussion avec Elohim hier soir m'a sidéré. Non seulement il a toujours su que je n'étais pas qu'un simple gardien pour sa fille, mais en plus il donne sa bénédiction pour notre union.

Je ne sais pas ce qui m'a le plus scotché. Apprendre que ce satané bracelet qu'il m'a forcé à porter durant des jours lui a permis de me tester et ainsi de connaître exactement les sentiments que j'avais pour Gaby, ou le fait qu'avant même de me l'imposer, il se doutait qu'elle et moi étions plus liés que ce que nous voulions bien laisser entendre ?

Si on m'avait dit ça il y a des semaines, je n'aurais jamais laissé Gaby seule ici. Quand j'y pense, j'ai vraiment eu de la chance. Elle aurait pu faire une croix sur notre histoire. Elle aurait pu précipiter ce fichu mariage. Peut-être même qu'elle aurait donné sa chance à Elliot ? Je sens une vague de colère monter rien qu'à cette idée. C'est complètement idiot, je le concède, mais c'est surtout ingérable. Je ne peux pas imaginer un autre poser ses mains sur ma femme. *Ma femme. C'est pas la classe ?*

Juste en sortant de la Grande Salle de cérémonie, Gabrielle et moi avons pris quelques minutes pour aller remercier Zeus. Je dois avouer que c'est avec soulagement que nous l'avons trouvé seul. Toujours aussi avenant, à l'instar d'Elohim, il abat sa grande main sur mon épaule tout en me serrant la main avec force.

— Félicitations, jeune homme !

— Merci, monsieur.

— Aaahh, pas de monsieur. Appelle-moi Zeus.

Blottie contre moi et la voix chevrotante, Gabrielle tente de justifier le revirement de situation :

— Je suis désolée, Zeus. Je ne voulais pas…

— Oh, ma douce, pas de problème. Crois-tu réellement que j'aurais voulu te voir engluée dans une relation vouée à l'échec ? Elliot lui-même se sent soulagé. Héra aura du mal à avaler la pilule, mais tu sais comme elle est… Elle trouvera une autre lubie passionnante avant la fin de l'année et oubliera complètement jusqu'à la date de ce mariage.

Peut-être que je devrais prendre exemple sur Gaby et me sentir un minimum coupable. Or, tout ce que je ressens, c'est surtout du soulagement à l'idée de ne pas croiser la vieille chouette ce soir. Zeus nous confirme qu'elle s'est envolée vers la Grèce, pour bouder dans son coin, ce qui a le mérite de faire rire son époux.

Tout au long de la soirée, les compliments et les marques de sympathie se multiplient. Ganesh, Patrick, Pandore, mais aussi Iris et, bien entendu, les parents de Gabrielle. Je craignais que sa mère ne fasse des difficultés, mais elle se contente de me jeter tout au long du repas un regard énamouré qui fait glousser ma jolie blonde.

— Tu sais quoi ? Je crois qu'elle t'aime presque autant que moi, me glisse-t-elle.

Je ne peux retenir une grimace.

— Aïe. Tu crois que ton père va accepter de me céder une deuxième fois ?

Elle éclate de rire et je réalise que c'est le plus joli son que j'aie jamais entendu. Non, attendez. À la réflexion, elle fait d'autres sons beaucoup plus doux quand…

Une bourrade à ma gauche me tire de mes pensées. Un grand sourire aux lèvres, Lucifer me pousse du coude pour me ramener à l'instant présent.

— Tu écoutes ce que je te dis ? T'étais dans la Lune ? Tu ne vas pas te mettre à chouiner une fois de plus ?

Rappelle-toi de bien te tenir. C'est son frère et ton Roi... Oh, et puis mince ! Je me penche vers mon voisin de table pour lui glisser à l'oreille :

— Je me disais juste que je suis pressé de tringler ta sœur.

Et en traître, je me lève pour rejoindre Gabrielle qui m'appelle au centre de la salle. Je lui jette un dernier regard et me retiens de jubiler en le voyant dans une rage folle. Ses prunelles carmin ne font aucun doute : il me fera payer bien vite mon audace. En attendant, je préfère me concentrer sur Gaby. Elle me fait signe de m'approcher avec un sourire mutin. Posant ses mains sur mes bras, elle m'attire vers elle et donne le départ à Haroun, à l'autre bout de la salle. Les premières notes d'une de nos chansons favorites, *Diamonds* de Rihanna, résonnent.

— Maintenant, tu dois danser avec moi, Damian.

— Danser ? grimacé-je.

Mon ange blond se marre. Elle est persuadée de m'avoir piégé. *Oh, ma douce Gabrielle…* Je la fais tourner habilement avant de l'entraîner dans une danse lascive. La décence m'impose de ne pas trop la coller contre moi. Elle pourrait remarquer l'effet que produit sa proximité, et ce serait inconvenant.

— Eh bien, je ne savais pas que tu dansais !

— Tu ne sais pas tout sur moi, Princesse Paillettes.

— Mais j'ai l'éternité pour le découvrir.

EPILOGUE

Damian

— T'es sûr que j'ai pensé à tout ? s'inquiète-t-elle.

— Mais oui ! Haroun et toi avez tout revu en détail hier soir.

Elle s'acharne à ronger l'ongle de son pouce. C'est un tic qu'elle a développé assez récemment. Tout comme son addiction au café. J'ai beau lui répéter que tout sera parfait, elle ne semble jamais me croire.

Il faut avouer qu'elle bosse sur son discours depuis des mois. Elle a dû en écrire une douzaine de versions différentes. Chaque fois, elle trouve à redire sur une phrase, une ponctuation ou une allusion. Elle veut que son allocution soit parfaite. Oh, je ne bronche pas. Parce que moi, je m'en contrefiche de la bienséance ou du politiquement correct. À sa place, je balancerais un bon vieux « Merci les gars. Je vais assurer. Vous en serez sur le cul ». Je me souviens que même Elliot a grimacé devant ma proposition. Pourtant, en général, il est de mon côté. Mais là, monsieur préfère soutenir Gabrielle. *Lèche-bottes*.

Elle sort à nouveau du dressing, cette fois avec une robe portefeuille noire et des escarpins vernis assortis. Allongé sur le lit, les mains derrière la nuque, j'émets un sifflement admiratif.

— Mince, Gaby. T'es vraiment…

Elle me lance un regard noir. Ouais, c'est peut-être pas le moment de dire bandante. Parce qu'elle ne veut certainement pas exciter tous les types de l'Assemblée.

— Enfin, t'es vraiment belle. Viens par là.

Avec un soupir, elle vient se lover contre moi, soudainement peu soucieuse de sa tenue. Elle glisse sa main sous mon t-shirt, caressant mes abdos. Je passe mon bras autour de ses épaules, tentant de faire abstraction de la réaction immédiate de mon corps au contact du sien.

Elle lève sa bouche appétissante vers moi, avec une petite moue.

— Juste belle ?

Quel petit démon…

— Non, mais j'essaie d'être convenable. Et puis, ils ne verront pas les choses comme moi, ces types.

Je dis ça uniquement pour la rassurer. Tous ces vieux croûtons sont avant tout des hommes. Et la plupart sont même des membres de sa famille. N'allons pas réveiller la libido des autres Sénateurs. Ils ont déjà fait un grand pas en avant en acceptant d'accueillir Gabrielle parmi eux.

Parce que c'est officiel. Dans deux heures, ma Gaby sera un Sénateur du Royaume Céleste. Pardon, *Sénatrice.* Elle a réussi à se faire élire *et* à féminiser le terme. Elle est forte, ma Gaby.

Il faut dire qu'elle bosse dur depuis notre mariage. Tout d'abord, elle s'est installée chez moi. Ça a été assez épique de l'expliquer et pire, de le faire accepter à Lilia, mais Gaby a prouvé que nous pouvions très bien vivre aux Enfers et pour autant être joignables vingt-quatre heures sur vingt-quatre. Elle a continué son cursus d'études long et fastidieux pour acquérir le plus de connaissances possible. Sa maîtrise parfaite de tous les aspects de nos deux mondes lui a donné une bonne longueur d'avance sur les autres. Elle a donc assuré lors de son exposé sur les enjeux entre les deux Royaumes. Elle les a laminés, tous ces Sénateurs bien-pensants, devenant une valeur sûre de ce siècle. Certes, elle n'a pas créé une nouvelle « religion », comme ils disent en bas. Elle a créé mieux que ça : un mouvement. Elle est le symbole du féminisme, de l'égalité des sexes, de la tolérance entre les humains. Ouais, rien que ça.

Après ça, nous avons créé notre propre contrée, dans le coin le plus reculé du Royaume Céleste. Je n'étais pas ravi de quitter mon appartement, mais mon Roi est largement plus coulant sur mes horaires de présence. Aussi, en étant ici, Gaby a su démontrer que notre famille est résolument moderne et en phase avec le monde actuel.

Oui, notre famille…

— Mamaaaaaan !

La voix stridente d'Artemis[20] vient briser toutes mes espérances. Comme une tornade brune, elle ouvre la porte avec violence et se jette sur le lit, pour se traîner entre sa mère et moi.

— Qu'est-ce qu'il se passe, ma puce ? lui demandé-je, caressant ses boucles indomptables.

[20] Déesse grecque de la chasse, protectrice des animaux.

— Hélios[21] dit que je ne peux pas aller avec Maman aujourd'hui.

Ma petite Démone est aussi douée que ma femme pour bouder. À peine trente secondes plus tard, son frère jumeau déboule à son tour, en chouinant. Gaby se lève en retenant un soupir. Elle prend Hélios dans ses bras et le berce doucement.

— Qu'est-ce qu'il se passe, mon Ange ? Pourquoi pleures-tu ?

— Tem a mis le feu à mon dessin.

— Fallait pas me dire que je n'irais pas voir Maman parler !

J'hésite entre le rire et la déprime. J'imaginais bien que ces deux-là allaient bousculer nos vies. Mais entre ma petite furie et son double hypersensible… On ne peut pas faire deux enfants si différents. Ils passent leur temps à se chamailler. Mais gare à celui qui se mettrait entre eux deux ! Nous avons déjà eu quelques retours peu reluisants de leurs professeurs. Autant vous dire que je ne suis pas à la noce quand Gabrielle n'est pas là.

Allez, dernière info… J'ai laissé tomber mon job. Je préfère rester ici avec les gamins. Gaby me répète sans

---

[21] Dieu grec du soleil.

cesse que je suis un exemple pour les humains. *Tu parles. Je ne vois pas en quoi ce que je fais est extraordinaire*. J'ai la chance de profiter de la vie, de voir mes enfants grandir. Et lorsqu'elle n'est pas occupée à faire bouger les mentalités en matière d'écologie ou d'égalité des sexes, j'ai la femme la plus sexy des Cieux dans mon lit. Que demander de plus ?

Table des matières

Biographie de l’auteure

Alixia Egnam a toujours aimé jouer avec les mots, une passion qu’elle tient de sa grand-mère, grande amoureuse des livres. Elle a commencé très tôt à se créer des histoires, des personnages et des intrigues : de rédactions en créations de petits textes pour les copines, elle donne ensuite vie à des romances où se mêlent vampires, sorcières et démons depuis près de vingt ans.

Mariée, maman et en plein renouveau professionnel, en 2020 elle décide enfin de sauter le pas et de partager son univers en publiant tout d’abord sur WattPad puis en proposant son travail en maison d’édition.

Remerciements

Nous y voilà. Il est temps de laisser Damian et Gabrielle changer le monde à leur façon. Dernière étape et non des moindres. Je dois vous dire merci.

Autant vous dire que c'est la partie la plus compliquée pour moi. Oh, ce n'est pas de vous remercier, ça je pourrais le faire jusqu'à la fin des temps. Non, c'est faire de cette partie autre chose qu'un pavé barbant ou un discours digne d'une starlette recevant un Oscar. Pourtant, en lisant les autres, cela semble si naturel ! Je lis toujours les remerciements, parce que j'aime cette partie très personnelle pour l'auteure.

Alors pour commencer, je veux remercier Alex. Tu es là à mes côtés depuis des mois, mais maintenant tu es officiellement une de mes bonnes fées. Merci d'être aussi patiente, tolérante et disponible. Merci d'avoir cru en moi, alors que je passe mon temps à douter.

Ensuite je voudrais embrasser mes copines. Celles qui m'ont poussée, soutenue, engueulée parfois aussi. Celles qui partagent mon quotidien, mon travail ou mon aventure littéraire. Delphine (à qui on doit les paillettes), Virginie, Chloé, Marie, Sophie, Aurore, Noëmie, Alba, Méline, Julie, Priscilla, Umi, Maya, Hélyne, Mymy, Noctyss.

Merci à mes lectrices WattPad, Facebook et Insta. Aux Plumes Solidaires.

À mes bêtas lectrices. Any, Claire et Clara. Vous avez souffert pour me lire, me corriger et me faire admettre que je pouvais envoyer ce fichu manuscrit. Vous arrivez toujours à trouver le fil de mes idées lorsque même moi je m'y perds.

À mes deux meilleures amies aussi, qui sont toujours là, contre vents et marées. Malgré ma mauvaise humeur, mon manque de disponibilité ou mon côté tête en l'air. Christelle et Estelle, vous êtes les meilleures et j'ai une chance folle de vous avoir.

Et bien entendu, mes remerciements les plus précieux, je les réserve aux victimes collatérales de cette vie de dingue que je mène depuis quelques mois : mon mari et mes filles. Pardon pour le linge entassé, les toiles d'araignées et les nuits blanches. Je vous dois tout.

Je vous aime tous. Merci d'avoir fait de mon rêve une réalité.

Printed in Germany
by Amazon Distribution
GmbH, Leipzig

23363488R00183